纪行诗稿

刘 硕 著

中国铁道出版社有限公司

CHINA RAILWAY PUBLISHING HOUSE CO., LTD.

图书在版编目(CIP)数据

纪行诗稿/刘硕著. —北京:中国铁道出版社有限
公司,2023.4
ISBN 978-7-113-30068-5

Ⅰ.①纪… Ⅱ.①刘… Ⅲ.①诗集-中国-当代
Ⅳ.①I227

中国国家版本馆CIP数据核字(2023)第046915号

书　　名:纪行诗稿
作　　者:刘　硕

责任编辑:许士杰　　编辑部电话:(010)51873204　　电子邮箱:syxu99@163.com
编辑助理:魏　明
封面设计:崔丽芳
责任校对:安海燕
责任印制:赵星辰

出版发行:中国铁道出版社有限公司(100054,北京市西城区右安门西街8号)
网　　址:http://www.tdpress.com
印　　刷:北京联兴盛业印刷股份有限公司
版　　次:2023年4月第1版　2023年4月第1次印刷
开　　本:880 mm×1 230 mm　1/32　印张:7.25　字数:268千
书　　号:ISBN 978-7-113-30068-5
定　　价:68.00元

写在前面的话

　　我出生不久就爆发了卢沟桥事变,我家随即从北京迁移到重庆乡下,直到抗日战争胜利才搬回城市,所以年少时我生活在有山有水的农村,和大自然很亲近。记得那时母亲常带着我们姐弟去树林和沙坪玩耍。我爱躺在沙地上看天上的浮云,母亲就让我说说浮云像什么;一刮风响起了松涛,母亲就让我静静地倾听,然后说出听到了些什么;听到小鸟叫唤也常要我猜猜它们在说些什么。因此,我从小时起就爱想象,对周围的大山、小溪、树林、草地充满了感情。长大以后虽然长期生活在城市,但对乡村依然很眷恋,一有机会便到大自然中去欣赏山水之美,感受大自然的神奇和风韵。那种纯真质朴所蕴含的美好,让人不由自主地生出对真善美的追求与向往,所以我对到风景区旅游一直很感兴趣,对国内外的名胜古迹也很是向往,这些名胜古迹多留有人类为了生存和发展而不断追求真理的痕迹,闪烁着人性善良的光辉以及显示着人类智慧和勤劳所创造出的美,因而不仅能让人开阔眼界增长知识,也很能激发人的家国情怀和求真扬善、创造美的意愿。

退休以后，特别是 2012 年我辞去了一切工作，不再写专业方面论说文字以后，我便寄情山水和名胜而频频出游了。除了经常逛北京的公园，探访近远郊的景区，还不时在儿女陪伴下远游。近处赏景或外地旅行都是拓展视野、丰富阅历、陶冶心情、增进健康的有益活动，于是我乐此不疲。为记录和纪念这些出行，我就陆续写出了这些诗稿。

　　之所以用古体诗和格律诗这样的体裁记录我在出行时的所见所闻、所感所思，是因为我喜欢古诗。小时候听父母吟诵，虽然对诗的内容似懂非懂，对其所表达的情感也不能领会，但读诗发出的声音抑扬顿挫、铿锵作响，虽不是歌曲却很是好听。自己读起来也朗朗上口，给人一种快感，弄明白一些意思后，那一行行字竟会变成一幅幅好看的图画，令我感到神奇，我爱听人朗诵，自己也爱学、爱念，不知不觉中就喜欢上了它。至今还记得母亲教我学王之涣《登鹳雀楼》第一联时的情景片段。母亲念完"白日依山尽，黄河入海流"便一把把我拉到她身后说："我是山，你是日头，日头躲到大山后面了。"接着伸出左臂指向前方，手指抖动着说："手臂代表黄河，前方是大海，河水流向了大海。"她看我明白了这一联的意思后便让我闭上眼睛想像看到了什么，于是我眼前真的浮现出日落大山水流大海的景象，让我惊喜不已，也很快会背这首诗了。我还记得母亲在给我们讲完花木兰从军的故事后，轻轻地唱起了《木兰词》："唧唧复唧唧，木兰当户织，不闻机杼声，唯闻女叹息……"歌声优美动听，我们都喜欢，便跟着母亲学。当时虽不懂古诗词富有的鲜明节奏感和音韵美，但我已领会到诗词是可以唱的，更让我对它爱不释手了。于是在小学三年级我便开始学着写,曾写过一首七律《扑鼠》,得到了老师和同学们的夸奖。

　　我之所以能诌出这些诗稿,和我作为一个摄影爱好者,老爱背着相机东游西逛有着密切的关系。无论是工作期间到外地出差,还是在退休后逛公园、游景点以及去外地旅游,每每面对挑选好的对象,在按下快门的前前后后,我总会情不自禁地对它说上几句,或是对它的赞叹,或是对它的理解,或是由它引发的联想,或是它给我的启示,这些话往往成为这些相片的说明词,串联起来参考格律诗的样子略加修饰便成为这组相片的附诗。虽然这些诗稿很粗糙,但由于是发自内心即兴诌出的,可以说所表达的都是真情实感,质朴而无浮华和造作。

　　我虽然爱好诗,但对什么是诗、诗的本质属性是什么等文艺理论问题只有一些很肤浅的认识。古代经典文论《尚书》提出“诗言志”,我想这是从内容这一层面揭示了诗的最本质属性,我以为“志”包括了志向、志气和志趣等多个方面内容,诗的内容要表达人的志向,抒发人的志气,还要带有与这种志向和志气协调一致的兴味和气氛。诗的内容,一要有对所描写事物有非低俗肤浅的认知,这种认知要有独特而新颖的视角并达到了人生观、世界观和价值观这样的高度;二要有伴随与这种认知相始终的情感体验,而这种情感是发自内心的,可引人共鸣的真情实感;三要有能生动活泼反映出志向和志气的意象和境界,以引发人们的共鸣和兴趣。按我的理解,诗的内容应直接或间接地包含着作者的认知情感和意志,并在一定程度上反映出他的个性。基于这些认识,作为一个古诗的爱好者,我是很看重诗的思想内容的,在习作中也要求自己努力把握好思想性,弘扬正能量,而更重要的则是自己要不断学习,提高思想觉悟,虽然已是耄耋之年,也要活到老学到老,老老实实处事,堂堂正正做人。

关于从形式的层面来揭示诗的本质属性,历来众多的专家学者提出了很多好的见解,有许多有价值的学术研究成果,如明确诗是韵文,要寓情于形象,要用精练的语言文字塑造形象和意境来表达思想感情等。很多研究格律诗的学者还进一步对格律诗的构成要素进行了分析,不但阐释了平仄、押韵、对仗的作用,还阐明了相关的标准和规则,对格、律、味也多有论述。我虽学习得不够深入,但从中获益良多,努力参照格律诗的要求来习作。但由于我从小在南方长大,受四川、上海等地方言影响,普通话说得不标准,往往不能正确地掌握平仄四声,常常犯平仄不分和错用的毛病,加上即兴诌出后又缺乏推敲和琢磨的功夫,所以我写出来的东西并非标准意义上的格律诗,只是有些像格律诗罢了。为什么要在本书的书名特意加上个“稿”字,就是因为这些文字即兴写来,未经认真推敲,而且有不少平仄方面的毛病还需要修改纠正。

中华民族文化源远流长、博大精深,在优秀的民族传统文化宝库中,以楚辞为代表的骚体诗,以唐诗为代表的格律诗犹如璀璨的珍珠,一直闪耀着绚丽的光彩。从古至今,成千上万首格调高雅、意象优美的古诗,吟诵出伟大的民族精神、民族气节、民族胆识和民族魂灵,勾画出锦绣中华的山川风貌、水土风情和大自然神奇壮丽的风景,教化着一代代青少年,激励着敢于为国为民赴汤蹈火的仁人志士,鼓舞着人民向往美好、追求真善美、砥砺奋斗、不断前进。作为一名古体诗和格律诗的爱好者,在诵读、学习和习作的过程中不断接受中华优秀文化的熏陶,使自己的精神生活得到充实和陶冶。

　　这本诗稿作为我个人学习收获的一份汇报材料,希望得到广大社会人士的批评指正,我将继续学习并争取有新的进步。

刘　硕

2023 年 2 月

于北京常青藤嘉园

目　录

凤 凰 山①

缙云烟雨风萧萧，　嘉陵水曲路迢迢。
草街盛会②空村舍，　麦田生意满山腰。
凤凰一举真名世，　松竹千年绿未凋。
圣贤事业今犹在，　山色江风亦赞陶。

1984 年 10 月

注①：凤凰山位于重庆市合川区，人民教育家陶行知于 20 世纪
　　　40 年代在此地古圣寺创办了育才学校。
注②：来自全国各地参加陶行知教育思想研讨会的人士到此参观。

由武昌赴宜昌

江汉沃野艳阳天，　片片金黄蓝绿间。
浅塘残荷含秋韵，　红瓦白墙露笑颜。

1990 年 10 月 31 日

宜昌长江边候舟摆渡

江水浩荡月朦胧，　波光帆影桅灯红。
迎风伫立听拍浪，　陆城津口论英雄①。

1990 年 11 月

注①：三国时期，东吴陆逊曾在此操练军队，之后大破蜀军。

参观葛洲坝

神工劈山三峡口，　　人力断江业千秋。
葛洲坝上忆屈子，　　苏世独立横不流①。

　　　　　　　　　1990 年 11 月 1 日

注①：引自屈原《九章》"苏世独立，横而不流兮"。

登寅宾楼①有感

楚天晚秋访荆州，　　极目江陵古城楼。
金凤腾飞烟云里，　　《九歌》迴荡在心头。

　　　　　　　　　1990 年 11 月 5 日

注①：现荆州宾阳楼原名"寅宾楼"，俗称东门楼。

八百秦川

八百秦川春日好，　　麦苗青青菜花黄。
柳条滴翠伴燕舞，　　桐枝吐艳映星光。

　　　　　　　　　1996 年 4 月

过 秦 岭

天地何处相接连？　越岭方知在此巅。
夜色朦朦腾雾气，　山影巍巍罩云烟。
峦嶂闭锁千百重，　道路迥转十八旋。
崇高凝重本一体，　恢宏气势撼心田。

1996 年 4 月

谒张良庙

紫柏峰巅雪融迟，　玉兰谷底花满枝。
高处未必风景好，　当记留侯功成时。

1996 年 4 月 7 日

峨眉山月色

山月色朦胧，　迤逦墨黛重。
卧石听涧水，　俯栏沐晚风。
清音丝竹外，　暗香有无中。
仰望蛾眉月，　思亲意倍浓。

1997 年 6 月 20 日

谒伏虎寺

凤蝶翔空三五里， 桢楠拔地万千年。
离垢当有伏虎勇， 漫话活力桫椤前。

1997 年 6 月 23 日

峨 眉 行

葳葳空山静， 湍湍龙水清。
不见红嘴鸟， 更添相思情。

1997 年 6 月 25 日

游乌兰布统①

朵朵白云腾碧空， 绵绵远山影朦胧。
一抹绿色接无际， 几泓碧水相流通。
星星点点娇小花， 三三两两挺拔松。
迢迢千里寻梦来， 悠悠人已入画中。

2008 年 8 月 8 日

注①：乌兰布统草原位于内蒙古自治区赤峰市西北。

九寨沟纪行

大湖悬高山，　　烟波泱泱然。

云纱缠峻岭，　　清流漫沟滩。

杉青落谷底，　　枫红缀林间。

浓淡苍翠绿，　　深浅蔚碧蓝。

鸟鸣传旷野，　　涛声响雾天。

玉带横苇海，　　锦幡舞峰巅。

野禽戏涟漪，　　骄龙卧巨潭。

珍珠撒坡地，　　琼瑛衬微澜。

风平明镜出，　　日照火花闪。

飞瀑凌空泻，　　急湍逐坎翻。

刚兮勇奔腾，　　柔兮趋潺湲。

顺势势不竭，　　纯净净心田。

上善九寨水，　　神魂当礼赞。

做人若如是，　　一生光灿灿。

2009 年 10 月 11 日至 13 日

春 光 颂

——杭州纪行

湖面拂轻风，	远近绿葱葱。
白沙花正好，	苏堤碧桃红。
香园色绚丽，	青山影朦胧。
花港鱼嬉戏，	茅埠泉淙淙。
三台潭迥环，	雷峰塔高耸。
温婉如青玉，	平湖春意浓。
高枝镶新翠，	低杈披朱彤。
绯云落港湾，	嫩芽出芳丛。
枫梢飘绛霞，	廊桥现霁虹。
西溪觅诗句，	狮岭入画中。
泛舟朝晖里，	铃声伴晨钟。
静听橹击水，	远看鹭腾空。
潺潺清如许，	浩浩流向东。
生机遍地是，	春光耀天穹。

2010 年 4 月 3 日至 5 日

大洋礁风景

——马尔代夫北马累礁纪行

浩瀚印度洋，　天高水泱泱。

层层浪花涌，　阵阵涛声响。

云霞舞苍穹，　早潮捧朝阳。

长空圆落日，　海天两茫茫。

玲珑珊瑚礁，　旖旎好风光。

栈桥跨波澜，　茅舍筑水上。

碧波浸银沙，　绿丛披红装。

凤蕉迎风展，　灰鸥逐浪翔。

青椰姿婀娜，　白兰散芬芳。

粗干指蓝天，　嫩蕊闪金光。

浅滩群鱼戏，　深海巨豚狂。

神奇沙滩画[①]，　土风草叶堂。

泳罢再踩浪，　花间任徜徉。

美哉人赞叹，　安能不遐想？

2011 年 2 月 14 日至 17 日

注①：蜥蜴在沙滩上爬行时留下密密的印痕，宛然一幅风景画。

云台山纪行

峻岭陡然立，　云台岚雾里。

千丈深渊壑，　咫尺峙峭壁。

谷狭清溪曲，　山高苍穹低。

上攀可触天，　下行遁入地。

平潭流淌缓，　高崖飞瀑急。

丹岩含铁赤，　青苔过水碧。

石峰草木疏，　水帘珠玑密。

药王植红豆①，　丫女披锦衣。

峥嵘群山雄，　嶙峋乱石奇。

世民曾试剑，　学士砚常洗②。

浅滩蝴蝶舞，　瓮峡龙凤栖③。

万古波纹痕，　沧海沉积迹。

娟秀阴柔美，　巍峨阳刚气。

伟哉大自然，　造化景旖旎。

2011 年 7 月 18 日至 19 日

注①：指药王孙思邈。

注②：相传潭瀑峡有唐王李世民试剑石和学士洗砚池。

注③：瓮谷深处有蝴蝶石和龙凤壁。

陕晋纪行

魁星高踞古城墙，　　鼓响声闻于天上①。
大雁留声塔矗立，　　三藏敬业名远扬。
碑石成林传古训，　　瑰宝如云散墨香。
神工雕成六骏图，　　圣手造出达摩像。
兵将英姿久勃发，　　车马雄阵深埋藏。
两千余载陪葬俑，　　惊世奇迹价无量。
中华文明当礼赞，　　雄伟恢宏世无双。
残垣河滩②唢呐响，　　黄土高坡披绿装。
奔腾不息泻千里，　　母亲河水来天上。
万股千注出壶口，　　前波后澜不相让。
水势湍急浪翻滚，　　瀑声轰鸣阵阵响。
似烟浓雾腾空起，　　如雨密珠半天降。
汹涌澎湃东流去，　　一往无前浩荡荡。
鳞次栉比青瓦舍，　　红灯高挂龙口张③
砖刻石雕艺精湛，　　民间故宫现晋乡。
明清平遥兴盛极，　　车水马龙道深远。
钱庄镖局九龙壁，　　威严城隍儆众商。
周柏汉松挺枝干，　　献殿鱼沼横飞梁。
两面宫女④婷婷立，　　三晋铁人伟金刚。
玉龙吐珠晋水源，　　古祠金秋菊芬芳。
河山壮美文蕴深，　　有幸品味心欢畅。

2011 年 10 月 2 日至 5 日

注①：西安城墙上建有魁星楼，鼓楼有"声闻于天"匾。
注②：壶口一带黄河滩为残垣型地貌。
注③：王氏做官要为民说话，故大院龙饰一律张口。
注④：晋祠圣母殿内有一彩塑唱戏侍女，一侧脸含羞带笑，另一侧
　　　脸是刚刚哭过的样子，被称为"双面佳人"。

黄山纪行

红叶缀绿丛，　　峭壁伫苍松。

褐石飞紫崖，　　丹云舞碧空。

灵猴情未了，　　连理心相通。

观音对面立，　　童子敢不恭？

鳌鱼驮金龟，　　憨诚甘负重。

罕见笔生花，　　多有树盘龙。

风恋天都顶，　　云偎莲花峰。

奇景时隐现，　　华彩有淡浓。

黎明清凉台，　　迎来朝阳红。

峦嶂金灿灿，　　松岩影重重。

丹霞夕照下，　　满天云飞涌。

峡谷暮霭起，　　霎时景物空。

如梦烟云里，　　如幻风雨中。

一山一世界，　　五海五巅峰①

变动添神韵，　　守拙增包容。

当歌黄山美，　　绕梁曲未终。

2011 年 10 月 22 日至 24 日

注①：黄山有"东南西北天"五大云海和 1 700 米以上的山峰五座。

云南纪行

七彩云之南， 祥瑞霞满天。

滇池水迎客①， 春城风送暖。

青石成密林， 红冈现奇观。

婀娜阿诗玛， 险峻石缝间。

百二山河好， 风花雪月赞。

下关风高歌， 上关花吐艳。

苍山雪融迟， 熠熠映蓝天。

洱海月明夜， 粼粼波光闪。

日照群峰顶， 浪拍浅礁滩。

鱼鹰喙尖利， 蝶泉水甘甜。

飞龙耸玉脊， 潜龙游深潭②。

雪崖雪积厚， 冰川冰冻坚。

圣境绝人迹③， 巍峨神山巅。

古城连古道， 古韵醉人酣。

和谐多民族， 欢声入云端。

载诗复载画， 壮丽美云南。

2012 年 2 月 4 日至 9 日

注①：来自西伯利亚的鸥鸟在滇池过冬。

注②：在黑龙潭可见玉龙雪山之倒影。

注③：玉龙雪山因地质结构特殊、气流不稳定等原因，迄今无人
登顶。

婆源纪行

婺水源流长，　　优美醉人乡。

山山苍翠绿，　　处处鲜嫩黄。

粉桃迎风舞，　　古樟枝杈张。

菜花高千尺，　　清香飘四方。

株株婷婷立，　　朵朵艳艳放。

碧水淌清溪，　　红霞簇朝阳。

日出勤劳作，　　扁舟撒网忙。

皮筏闯险滩，　　竹排流江上。

渔歌吟唱晚，　　牧笛声悠扬。

民居暮色里，　　波光映白墙。

汪口水碓架，　　江谦三省堂。

萧相议成败，　　朱子论纲常①。

自古多名士，　　而今聚贤良。

天人合一处，　　无限好风光。

2012 年 4 月 2 日至 4 日

注①：朱子即朱熹。朱熹祖居婺源。

青海纪行

浩渺阔无边，　大湖展靓颜。

高原嵌青玉，　瑶池降人间。

白鸥戏碧波，　灰鹨翔蓝天。

逶迤山积雪，　葳蕤草满甸。

藏羊享自在，　牦牛步安闲。

功高原子城，　浪漫金银滩①。

两弹国威扬，　一曲深情传。

庄严塔尔寺，　文蕴当礼赞。

洁净三江源，　涌流无敢拦。

黄河清如许②，　土峰兀立坚。

丹霞岩似火，　春花彩色鲜。

自然造化奇，　人文也灿烂。

　　　　2012 年 4 月 29 日至 5 月 1 日

注①：我国首个核武器研制基地（"两弹"诞生地），音乐家王洛宾
　　　曾在此创作多首情歌。

注②：天下黄河贵德清。

三峡纪行

群山枕波澜，　　轻浪拍岸滩。

峡始三游洞①，　　瑰丽画卷展。

峰耸林苍翠，　　云飞雾弥漫。

坝筑中堡岛②，　　截流大江湾。

工程名盖世，　　气势薄云天。

险滩险不再，　　平湖平流缓。

剪刀剪云开，　　神女神嫣然③。

宁水④清且涟，　　巫山秀色现。

危崖垂钟乳，　　峭壁架悬棺。

梯田橙压枝，　　陡坡羊撒欢。

层叠飞瀑急，　　新居移民安。

岩上镌辞赋，　　江面升雾烟。

诗城⑤踞塘口，　　夔门立雄关。

人文渊薮颂，　　造化伟力赞。

壮美大三峡，　　祖国好河山。

2012 年 7 月 13 日至 16 日

注①：因白居易和其弟白行简、好友元稹曾会于夷陵，三人同游西
　　　陵峡峡口北岸岩洞，此洞因此而得名"三游洞"。

注②：长江中堡岛与江底岩石一体，故部分大坝筑此岛上。

注③：剪刀峰与神女峰。

注④：大宁河有小三峡，上游还有小小三峡。

注⑤：白帝城因李白等诗人多有咏叹，故名"诗城"。

额济纳纪行

天苍苍，野茫茫，风起沙尘扬。
戈壁广无垠，　　大漠久荒凉。
同堡①土垣残，　　黑城沙没墙。
凄楚警世林②，　　烽烟古战场。
怪树虽枯槁，　　枝干犹刚强。
只缘根柢深，　　何惧朔风狂。
挺立千年久，　　不朽千载长。
祁连雪融流，　　居延波荡漾。
芦花贴岸舞，　　鸥鸟掠水翔。
蓝天白云浮，　　沙海驼铃响。
西风拭空碧，　　秋阳染叶黄。
炫炫神奇域，　　灿灿金胡杨。
丛林展瑰丽，　　神树现辉煌。
新枝姿婀娜，　　老干益健壮。
绚彩映清溪，　　金辉耀水塘。
盛衰经变化，　　古今历沧桑。
惊叹生命力，　　当敬其顽强！

2012 年 10 月 2 日至 5 日

注①：大同城堡，据说建于唐代。
注②：一大片因土地沙化而枯槁的胡杨林。

新西兰南岛纪行

春节地球南，　　朗朗绚秋天。
平湖满淡绿，　　长空尽蔚蓝。
一色鲜花艳，　　多彩波光闪。
浮云起深泽，　　积雪镶苍山。
库克高山险，　　峭岩塑峰巅。
冰流缓缓下，　　冰湖纳冰川。
峡谷风萧萧，　　溪流水潺潺。
辉映云与雪，　　交响雀共蝉。
林涛伴雁鸣，　　瀑声和莺啭。
草甸牛漫步，　　绿茵羊撒欢。
晨霭弥牧场，　　朝晖镀松杉。
林密憩芳草，　　树影落清潭。
蕨荫护野菊，　　海风抚山丹。
大洋敞怀抱，　　涛声阵阵传。
群鸥掠水飞，　　芦花迎风展。
礁石伫深水，　　"薄饼"①摞海岸。
枯木景观奇，　　海豹游石滩。
绿浪绽银花，　　碧波扬白帆。
红霞染天宇，　　金光烁翠澜。

2013 年 2 月 10 日至 19 日

注①：岩石一层层摞在一起，酷似薄饼。

呼和浩特纪行

青城十六秋① 　孜孜伴喜忧。
多少人和事， 　安能不怀旧？
又是十六载， 　皓首故地游。
清秀满都海②， 　情真尽风流。
巍峨大青山， 　恩重存永久。
焕发庄严气， 　召寺精葺修。
凸显独特色， 　毡包登高楼。
衙署威凛凛， 　大汗雄赳赳。
苍天山濯濯， 　湿地水悠悠。
草场广无限， 　风机转不休。
碧空云曼舞， 　黄崖花满沟。
博院③贯今古， 　文明新追求。
亲朋齐聚会， 　举杯遣离愁。
但愿人长久， 　前程更锦绣。

2013 年 7 月 21 日至 28 日

注①：1982 年至 1998 年我在呼和浩特市生活和工作。

注②：满都海是呼和浩特市一综合型公园。

注③：新建的内蒙古自治区博物馆。

辽西纪行

天高云轻淡，　　　秋日红海滩①。
燃情弥天宇，　　　炫彩耀堤岸。
丹碧交辉映，　　　鹤鸥舞蹁跹。
全球独一处，　　　瑰丽奇景观。
浪拍开天屿，　　　雾罩笔架山。
何以能架"笔"？　　盘古踩凹陷。
登高观沧海，　　　碧水接蓝天。
兼容释道儒，　　　庙宇遍诸峦。
礁堆一字横，　　　砂路五迥弯。
潮汐积砾石，　　　通岛"天桥"现。
人行天桥上，　　　宛然若天仙。
滨海"龙回头"②，山水共一湾。
丛丛林木密，　　　条条栈道宽。
风起波粼粼，　　　浪涌光闪闪。
日月精华聚，　　　天地灵气焕。
难得造化美，　　　漫游乐陶然。

2013 年 9 月 13 日至 21 日

注①：海滩因遍布赤碱蓬而呈红色。
注②：因清乾隆帝游此地时不止一次回头观望而得名。

蓬莱纪行

朗朗艳阳天，　　蓬莱访八仙。
南涉黄河水，　　东经红海滩。
岸畔海堤长，　　滩涂河道弯。
仙境起薄雾，　　寰海泛微澜。
精美蓬莱阁，　　灵秀丹崖山。
能工筑神宇，　　苏公①著名篇。
将军②书影壁，　　喜鹊栖塔尖。
新楼耸合海，　　田横名矶峦③。
栈道凌波建，　　齐王智勇全。
八仙今何在？　　群像立礁岩。
黄渤海水汇④，　　镜清无浪翻。
绿荫掩长岛⑤，　　碧波拍石滩。
嶙峋怪石奇，　　突兀岩壁坚。
陡立九丈崖，　　巍峨可触天。
玲珑九叠石，　　浴潮伫海边。
沧海水浩瀚，　　夕阳波潋滟。
如梦又如幻，　　悠然似神仙。

2013 年 10 月 2 日至 5 日

注①：苏公指苏轼。
注②：将军指冯玉祥将军。
注③：因齐王田横曾在此练兵而得名田横山。
注④：黄海、渤海在田横山海域交汇。
注⑤：长岛分南北两岛，位于蓬莱东北海域。

秋 韵 集

——南京、温岭纪行

菊香枫叶红，　　金陵秋意浓。
秦淮水清丽，　　石头城恢宏。
桃扇寄情真，　　乌巷涵文重①。
天工织云锦②，　　丹凤栖梧桐。
伟人当敬仰，　　天下尽为公。
温岭访"夫人"③，　　石塘沐海风。
破浪登蒜岛，　　举步攀雷峰④。
极目水连天，　　浩渺无尽穷。
石屋静听涛，　　高亭轻叩钟。
千年第一缕⑤，　　曙光耀苍穹。
同窗皓首聚，　　挚友灵犀通。
促膝话"夜雨"⑥，　　并肩游旧宫。
含笑互加勉，　　放歌相和从。
岁月已老去，　　青春却永恒。
不懈绵薄力，　　倾心再追梦！

2013 年 11 月 1 日至 6 日

注①：李香君以桃花扇名传于世。王导、谢安曾住乌衣巷。
注②：南京云锦是中国传统的丝制工艺品，已有 1 600 多年的历
　　　史，有"寸锦寸金"之称。
注③：五龙山巅状似女人的岩石被称为"石夫人"，是温岭景观之一。
注④：三蒜岛距石塘渔港数海里。温岭市石塘镇雷公山。
注⑤：2000 年元旦 6 时 26 分在此迎来新纪年的第一缕曙光。
注⑥：引自《夜雨寄北》"何当共剪西窗烛，却话巴山夜雨时"。

广西北海纪行

港湾浪不兴，　　雨中北海行。
椰林风飒飒，　　银滩清凌凌。
老街①历沧桑，　　广场呈胜景。
漫步红树林②，　　满目绿荧荧。
盘根白壤深，　　除污碧水净。
"卫士"护生态，　　白鹭舞娉婷。
潮退十里外，　　间带一片平。
赶海荷锄去，　　奕奕众渔民。
忆昔蜑人③苦，　　如今得安宁。
涠洲火山岛，　　熔岩塑奇型。
赤"葩"浴潮艳，墨"莲"出水清。
岩洞栖大"龟"，　石滩立长"锭"。
洋流蚀岩礁，　　劲浪掘坑井。
巨涛雕高崖，　　洪波刻深汀。
林木展绚彩，　　汤公④抒豪情。
敞怀抱大海，　　迎风踞峻岭。
连绵阴雨天，　　谁言无美景？
恰似水墨画，　　素雅更奇情！

2013 年 12 月 12 日至 15 日

注①：北海老街珠江路始建于 1821 年，现为中央美术学院和清华
　　　大学美术学院等高校写生基地。
注②：红树科植物，因产丹宁而得名，有净化环境的作用。
注③：以船为家在海上漂泊的渔民，在陆地无固定居所。
注④：汤显祖曾游涠洲岛，并写卜《阳光避热入海、至涠州，夜看
　　　珠池，寄郭廉州》一诗。

瑞士纪行

红日出云海，　　人飞万里①外。
悠悠苏黎水，　　清清靓风采。
双塔②势恢宏，　　英雄气豪迈。
廊桥③跨长河，　　浴女伫池台。
旧建木未朽，　　老市④花盛开。
哀狮殉难去⑤，　　祥钟祈福来。
蓝天飘云霞，　　碧水漾五彩。
一湖一明镜，　　半山半雾霭。
坡地绿油油，　　峰巅白皑皑。
峻岭插云里，　　轻岚散山外。
峭壁立千仞，　　冰川历万载。
诸峰⑥多险崖，　　叠嶂尽银白。
登顶观层峦，　　"浪涛"正澎湃。
居高瞰湖光，　　蓝宝缀飘带。
放眼阿卑山，　　巍峨雄风在。
肺腑沁浩气，　　心田涤尘埃。
白云一朵朵，　　翠杉一排排。
小路积雪厚，　　踏歌抒壮怀。
深山藏木屋，　　闲居享安泰。
洁净无喧扰，　　宛如处世外。

2014 年 1 月 29 日至 2 月 11 日

注①：北京至苏黎世航程约 9 000 公里。
注②：苏黎世大教堂高耸双塔，被视为苏黎世的地标。
注③：卡佩尔桥为卢赛恩标志性建筑。
注④：糠秕桥建于 1480 年。首都伯尔尼有老城街区。
注⑤：为纪念 1792 年战死的瑞士雇佣兵而建的狮碑。
注⑥：瑞吉山峰、铁力士山峰等。

燕山纪行

巍巍燕山古北口，　　长城险隘残碉楼。
司马台上城池固，　　英华桥下水悠悠。
清流怀抱仿乌镇①，　　碧波荡漾泛轻舟。
高丘宝塔立久远，　　悬崖瀑布泻不休。
水街蜿蜒长廊曲，　　祠堂②肃穆壮志酬。
江南水乡韵几多，　　北塞雄威神抖擞。
雾灵峰踞山脉巅③，　　歪桃岭卧五龙头。
竞高本当"气不忿"，　　伏凌④自有天庇佑。
清凉界碑⑤重无比，　　冰川飘砾冰运就。
峻峭奇峰插云霄，　　峥嵘怪石垒架构。
怡然亭外瞰林海，　　不老松前话鸿猷。
盘龙舞凤层叠嶂，　　古树鲜花径通幽。
绝壁立身见傲骨，　　险境求生凭奋斗。
仙人岩塔⑥拔地起，　　遒劲苍松耐击掊。
雄奇险秀风光美，　　更美境界当追求。

2014 年 5 月 31 日至 6 月 2 日

注①：古北水镇位于北京市密云区古北口镇，因似江南水乡而得名。
注②：为纪念杨家将所建的杨无敌祠。
注③：海拔 2 118 米的雾灵山为燕山山脉主峰。
注④：五龙头、气不忿、伏凌仙境皆在歪桃岭。
注⑤：在雾灵山北坡有一天然花岗岩巨石，重约 7.2 万吨，正中竖
　　　刻着刘伯温题"雾灵山清凉界"六字。
注⑥：仙人塔为一孤立的花岗岩柱。

呼伦贝尔、阿尔山纪行

大路通远方，　　重访二故乡①。

绿野接蓝天，　　清流悄然淌。

晴空飘云朵，　　草地散牛羊。

秀水柞林密，　　雅鲁寄情长②。

炫彩色块鲜，　　几多奥秘藏？

金帐③闪银辉，　　敖包耀祥光。

白云浮碧波，　　清潭映艳阳。

野花遍山坡，　　古樟伫沙岗④。

涓涓迴流溪，　　点点白毡房。

曲河⑤水弯弯，　　湿地雾茫茫。

何来"马蹄"印？　醉人梦幻乡⑥。

纯情树⑦娉婷，　　窈窕桦千行。

珍珠遍地撒，　　翡翠满山镶。

雨后碧空净，　　风送黄花香。

国门肖然立，　　红旗迎风扬。

边城⑧故事多，　　成就辉而煌。

大湖⑨波浩渺，　　长空鸥飞翔。

高高兴安岭，　　浩浩绿海洋。

风中树轻吟，　　林间鸟鸣唱。

天池神奇美，	哈河⑩水汤汤。
岩塘瀑泻急，	潭峡⑪涛声响。
熔岩汇石海，	石海涌层浪。
杜鹃捧一湖，	峡谷抱一江⑫
蓝绿相交辉，	天人互守望。
如诗又入画，	壮丽北边疆！

2014 年 8 月 2 日至 7 日

注①：生活了 40 年的内蒙古自治区是我的第二故乡。

注②：雅鲁河流经扎兰屯，秀水是扎兰屯市著名景区。

注③：金帐汗部落为陈巴尔虎草原的一处景点。

注④：全国唯一的天然樟子松林位于呼伦贝尔市海拉尔区西山。

注⑤：莫日格勒河被老舍誉为"天下第一曲水"。

注⑥：额尔古纳湿地被誉为"亚洲第一湿地"。

注⑦：白桦树又名纯情树。

注⑧：我国最大的陆运口岸城市满洲里。

注⑨：我国五大淡水湖之一的呼伦湖。

注⑩：哈拉哈河。

注⑪：三潭峡位于阿尔山东北方向哈拉哈河上游。

注⑫：杜鹃湖周边密布野杜鹃，阿尔山熔岩峡谷有哈拉哈河穿过。

齐鲁纪行

玉振金声①大礼赞，　　太和元气出尼山②，
辉煌古建势恢宏，　　　厚重文墨香弥漫。
钩心斗角精架构，　　　腾龙跃蛟密柱栏。
精深哲理矗圣殿，　　　至伟师魂萦杏坛。
同天并老巍然立，　　　苍松古桧也威严。
西风一阵芦花放，　　　秋凉几许荷叶残。
墨班故土大湿地，　　　莲苇万顷满湖滩③。
铭记英雄驱虎豹，　　　游击枪响敌胆寒④。
彪炳史册第一庄⑤，　　见证抗日浴血战。
劈山运河千载流，　　　御敌英名万古传。
华灯映红古城水，　　　木橹摇碎清波澜。
日出初光照福地，　　　史前首邑现蓝天⑥。
泱泱碧海敞怀抱，　　　层层银浪漫金滩。
松竹交夹风送爽，　　　天水相连船张帆。
轻舟驭潮显神勇，　　　海涛扬声歌上善。
聊斋小宅出大作，　　　短篇之王⑦当仰瞻。
假妖假狐恶魔惧，　　　真善真美百姓欢。
国庆出游四千里，　　　心旷神怡乐陶然。

2014 年 10 月 1 日至 5 日

注①：借自《孟子》"集大成也者，金声而玉振之也"。
注②：孔子诞生于尼山。
注③：微山湖畔为墨子、鲁班故乡。
注④：抗日战争中铁道游击队在枣庄英勇战斗。
注⑤：台儿庄被称为"天下第一庄"。
注⑥：日照因"日出初光先照"而得名，考古发现四千多年前这里
　　　就出现了城市。
注⑦：蒲松龄被誉为"中国短篇小说之王"。

无锡（途经上海苏州）纪行

跨过黄河跨长江，　　动车神速抵水乡。
遍地清流展锦缎，　　摩天新厦①谱华章。
阳澄湖畔品美味，　　金鸡②水岸赏波光。
浩瀚太湖雾蒙蒙，　　古老塘河③水泱泱。
坚固花冈清名桥，　　浓郁土风南下塘。
古驿民居老字号，　　红灯黑瓦白灰墙。
亦真亦幻悠游地，　　如诗如画水弄堂④。
梁祝故里景秀丽，　　凄美化蝶令神伤。
万古灵迹水溶洞，　　冰雕玉琢美长廊。
百尺悬崖银瀑泻，　　千顷竹海涛声响。
海底⑤探得太湖源，　　山巅涌来绿波浪。
物阜天丰兴实业，　　人杰地灵留馨芳。
吟唱新填《忆江南》，　　无锡宝地遍阳光。

2014 年 11 月 7 日至 11 日

注①：新建的上海中心大厦为上海市最高建筑。

注②：金鸡湖位于苏州工业园区。

注③：京杭大运河无锡段被称为塘河。

注④：清名桥、南下塘为国家级文物保护单位，被誉为"江南水弄堂，运河绝版地"。

注⑤：宜兴竹海景区最深处名"海底"。

澳大利亚塔斯马尼亚岛纪行

岁末澳洲行，　　踏足大洋滨。
海日驱残夜，　　晨曦衍天垠。
碧湖亮闪闪，　　浩海波粼粼。
遍地多牛羊，　　参天密森林。
袋鼠出没迅，　　桉树脱皮勤。
玉枝展秀美，　　琼干显刚劲。
断崖瀑直泻，　　清溪水轻吟。
煦风伴鸟鸣，　　一曲天籁音。
望山叹路遥，　　迈步即趋近。
居高览城①小，　　山巅任攀临。
云飞扬彩带，　　夕照染石林。
俯瞰酒杯湾②，　　漫步港湾滨。
大海浪层层，　　石滩风凛凛。
银花绽朵朵，　　涛声响频频。
海水多颜色，　　变幻无穷尽。
旭日出海面，　　朝辉烁真金。
皎月悬海上，　　祥云相伴亲。
古镇见雅致，　　小城景象新。
辞别天鹅海，　　深山老林进。
明镜③嵌谷底，　　木屋藏密林。
晨露晶莹莹，　　浅沼湿津津。
名碑④留纪念，　　鲜花散芳馨。
美哉环岛游，　　乘物游我心⑤！

2015 年 2 月 1 日至 7 日

注①：塔斯马尼亚州首府霍巴特。
注②：酒杯湾是世界十大最美海湾之一。
注③：明镜指鸽子湖。
注④：名碑指刻有第一次、第二次世界大战中本地牺牲者姓名的纪念碑。
注⑤："乘物以游心"出自庄子的《人世间》。

谷雨游北京植物园赏郁金香

黄经三十遍新绿，　　　　煦风催来碧桃雨。
华贵"王冠"炫五彩，坚挺"宝剑"闪光立。
艳丽夺目立体画，　　　曼妙静音交响曲。
徜徉花海人陶醉，　　　谁不生情径离去？
2015 年 4 月 20 日

赤峰—乌拉盖纪行

玉龙①不惧五毒醒②，　　端午时节赤峰行。
风华岁月廿三载③，　　别梦依稀故园情。
曾在河畔采菖蒲，　　屡登山巅扎野营。
南山当年植幼苗，　　黄坡如今一色青。
乌兰哈达高千仞，　　原野辽阔长空晴。
绿茵万顷铺地满，　　红山一柱将天擎。
契丹图腾呈壮观，　　花冈叠砌构奇景。
苍穹无际飘云彩，　　草原敞怀育生灵。
九曲湾水流天边，　　五色湖光映幽境。
芍药谷④深探花海，　　黄卉滩浅踩水行。
乌拉盖湖泛微波，　　贺斯袼沼似明镜。
百灵声声谷回音，　　祥云朵朵池留影。
狼园危崖敖包立，　　布林⑤涌泉圣水清。
治沙网格大获益，　　绿色畜牧力求精。
能源创新基地起，　　造福全民事业兴。
日丽风和花艳艳，　　天空水明草菁菁。
怀旧赏新五千里，　　寄情山水心宁静。
一路走来胸怀敞，　　碧野蓝天净魂灵。
2015 年 6 月 22 日至 25 日

注①：玉龙为出土于赤峰的红山文化标志性文物。
注②：蛇蝎等开始活跃，所以民间有"端午至，五毒醒"的说法。
注③：笔者在赤峰工作 23 年。
注④：芍药谷山坳之中生长着大片天然野芍药。
注⑤：电影《狼图腾》中狼跳崖的地方在此取景。

乙未重九登高

细雨润金秋，　　登高思故友。
景色尽清丽，　　往事也风流。
一路历阴晴，　　千里共戚休。
独立山之巅，　　祈愿人长久。

2015 年 10 月 21 日

霜降后三日登香山

黄栌待霜染，红枫耀蓝天。
赏秋登炉台，读书进香山①。

2015 年 10 月 27 日

注①：清乾隆《夏日香山其三》"我到香山似读书"，实因香山自然
　　人文内涵丰富之故。

立春登景山万春亭

高亭①尚无新绿看，　　银松②苍苍殊可观。
登顶放眼胸怀敞，　　临风抒情心地宽。
八面八方呈祥瑞，　　中轴中点思危难。
祈盼浮云化春雨，　　催醒牡丹③花满山。

2016 年 2 月 4 日

注①：万春亭高居景山之巅，位于北京城中轴线中心点上。
注②：银松即白皮松，为北京特有松树树种。
注③：景山公园以珍品牡丹多而闻名。

漫步玉渊潭

立春初候①潭解冻，　　湖面倒映霞光红。
双双鸳鸯戏春水，　　片片翠竹舞东风。
喳喳报喜聆喜鹊，　　苍苍遒劲赏劲松。
身处生机勃勃境，　　竟忘已是垂老翁。

2016 年 2 月 9 日

注①：两节气间为 15 天，划分为三候，每候为 5 天。

中山公园赏兰

蕙芳园中多佳丽，　　满庭弥漫醉人香。
奇葩墨紫现高雅，　　名卉翠绿呈吉祥。
碧叶修长枝婀娜，　　珍品耐寒性坚强。
当记孔圣赞芝兰①，　　独处幽谷自芬芳。

2016 年 2 月 12 日

注①：孔子曰："芝兰生幽谷，不以无人而不芳；君子修道立德，
不为穷困而改节。"

参观北京植物园温室花展

香炉峰下访群芳， 还寒天气①沐春光。
娇容无须施粉黛， 本色足以胜艳妆。
款款吐蕊送温馨， 脉脉含情祝安康。
流连忘返日已暮， 归来衣衫仍留香。

2016 年 2 月 14 日

注①：早春乍暖还寒，北京正月初七风大天寒。

颐和园风景

东风乍起净苍穹， 暖日催得冰面融。
昆明清流波粼粼， 万寿苍松郁葱葱。
澹宁堂舍筑精巧， 佛香阁宇势恢宏。
大亭①看山山如黛， 石桥②观水水显红。
腊梅幽香飘苑外， 喜鹊欢声响林中。
感悟豁达大气美， 为人也当敞心胸。

2016 年 2 月 16 日

注①：大亭即廓如亭，视野开阔，是国内现存同类建筑之冠。
注②：石桥即知鱼桥，该桥用庄子"子非鱼"的典故命名，桥下常
　　　有成群红金鱼游动。

知春亭知春感怀

蓝天丽日习习风，　　碧水清涟画意浓。

柳叶欲展纤条绿，　　桃花待放嫩苞红。

但见古树直挺挺，　　又赏新芽毛茸茸。

年老知春也发奋，　　求真扬善贯始终。

2016 年 3 月 13 日

明城墙遗址赏梅

人间三月好造化，　　古城墙边绽仙葩。

恰似少女展笑颜，　　宛如新娘披婚纱。

元亨利贞①颂梅德，　　稀老瘦合②赏国花。

风姿神韵实难舍，　　不由绕树多几匝。

2016 年 3 月 21 日

注①：梅具"四德"：初生蕊为元，开花为亨，结子为利，成熟
　　　为贞。

注②：梅有"四贵"：贵稀不贵繁，贵老不贵嫩，贵瘦不贵肥，贵
　　　合不贵开。

颐和园山桃盛开

满园浓浓漾春意，　　正值山桃盛花期。
湖面粉瓣时时落，　　山麓白烟冉冉起。
未见重彩艳丽色，　　却有空灵娟秀气。
最当赞其密聚集，　　花海竟能没西堤。

2016 年 3 月 23 日

游园观感

晴日漫步玉渊潭，　　巡礼樱花杨柳岸。
嫩粉婷婷倚翠绿，　　亮白优雅缀湛蓝。
色彩犹如乐之和①，　　风姿恰似舞正酣。
无所不谐风景美，　　遂令人众乐陶然。

2016 年 3 月 25 日

注①：借自《左传》"如乐之和，无所不谐"。

北京植物园踏青

东风扫尽萧索景，　　无处不有活力兴。
夭夭山桃花灼灼①，　　菁菁修竹枝婷婷。
池清水可润肺腑，　　柳柔条能抚魂灵。
人若心有阴霾扰，　　敞开胸怀定放晴！

2016 年 3 月 28 日

注①：借自《诗经·周南·桃夭》"桃之夭夭，灼灼其华"。

再游植物园

老天好个大手笔，　　造化春光洒惊喜。
园丁本事也了得，　　挥指春色倍绚丽。
娇花含羞饰丰后，　　靓女自愧面紫李①。
美好岂能独坐享，　　当为最美齐出力。
待到四海皆是春，　　东风终将甚得意！

2016 年 3 月 29 日

注①：丰后梅为一梅花品种，紫李即紫叶李。

再游玉渊潭赏樱

见得堆雪正消融，　　仍有绯云①映碧空。
大姐抽叶叶嫩绿，　　小妹②吐苞苞鲜红。
阵阵飘洒花瓣雨，　　习习舒卷柳条风。
万物生发人当比，　　努力加餐展新容。

2016 年 4 月 1 日

注①：借冰心用"堆雪""绯云"比喻盛开的樱花。
注②：人称早樱、晚樱为姐妹。

圆明园二月兰盛开

满园淡紫二月兰，　　成片绽放且悠然。
坦坦无忧也无怨，　　默默自生又自安。
敢为大地遮风雨，　　又使春光添娇妍。
质朴何须多打扮，　　自然平实更好看！

2016 年 4 月 14 日

再赏二月兰

不与碧桃争浓艳，　　未同牡丹竞靓颜。
名葩灿灿最是绚，　　草兰菁菁却也鲜。
有心低调悄聚首，　　无意高攀妄比肩。
自生自长自清芬，　　几分神气现尊严。

2016 年 4 月 17 日

游圆明园澡身浴德后山小记

小河弯弯绕山峦，　　登高俯瞰水两岸。
何以碧波泛红晕，　　原是桃花正烂漫。
挥手伴随柳絮舞，　　侧耳听得蛙声喧。
移步下坡莫乱踩，　　脚旁盛开二月兰。

2016 年 4 月 18 日

谷雨后一日游北京植物园

黄经三十日直射，　　温暖大地送润泽。
绿肥红瘦花俏丽，　　气净风柔水清澈。
国色天香蕴神韵，　　玉瓣金蕊衬碧萼。
日精月华凝俊秀，　　桂冠宝剑饰娇娥。
仙葩汇海呈五彩，　　天虹铺地炫七色。
此景赏得人忘老，　　聊发痴狂响欢歌！

2016 年 4 月 20 日

暮春游曲院风荷澹泊宁静景点①

悠悠云起浮天际，　　落英缤纷春入泥②。
曲院清流响蛙鸣，　　风荷碧水起涟漪。
素槐飘香当仰视，　　碧桃卸妆不足惜。
伫立澹泊宁静③处，　　赞叹武侯悟至理。

2016 年 4 月 28 日

注①：曲院风荷、澹泊宁静为圆明园四十景中的两处景点。
注②：借自歌曲《梨花颂》"梨花落，春入泥"。
注③：出自诸葛亮《戒子书》"澹泊以明志，宁静以致远"。

探访圆明园九州景区①后湖

天光一碧②九岛环，　水绕绿洲红桥连。
新苇茂密布东岸，　苍松疏离见西山。
茹古涵今现秀美，　镂月开云③忆康乾。
帝王荣华尘土逝，　盗贼凶恶御园残。
知耻后勇当奋起，　居安思危志弥坚。
可喜水清林木盛，　庆幸花开更惊艳。

2016 年 5 月 3 日

注①：清代帝王寝宫、御花园所在地，嘉庆、道光生于此。

注②：借自《岳阳楼记》"上下天光，一碧万顷"。

注③：茹古涵今、镂月开云为圆明园四十景中的两处景点，此处用
　　　其本意。

再访九州景区

草花遍地绿荫浓，　幽境濒水曲径通。
田野寂寥飘细雨，　九夏初始起荷风。
片片青萍浮碧波，　声声翠莺啭长空。
恍若独处尘世外，　得以静心赏苍松。

2016 年 5 月 10 日

莲花池新荷

卷曲嫩叶新展开，　一池碧翠竞敞怀。
凌波倒影添神韵，　临风摇曳显靓采。
虽无五彩艳颜色，　却有强劲旺生态。
来日英姿更勃发，　护卫芙蓉出水来！

2016 年 5 月 27 日

凌霄花赞

翠叶簇拥花煌煌①，　橙红几朵藤蔓长。
笑意盈盈现深厴，　瑞气洋洋悬铃铛。
烈女殉情②化绚彩，　良药③济世闪祥光。
鲜艳不败越九夏，　当赞血性颂自强！

2016 年 6 月 2 日

注①：借自苏轼《和陶饮酒二十首》其八"煌煌凌霄花，缠绕复
　　　何为"。
注②：相传董姓财主打死了与其女凌霄相恋的长工柳全明，凌霄为
　　　之殉情，死后化为木质藤、藤条攀附在柳墓旁的柳树上，枝
　　　头开满了赤色花朵。凌霄花因此得名。
注③：凌霄的花、茎、根均可入药，能医治跌打损伤、风湿性关节
　　　炎等疾病。

莲花池赏荷

乌云乍散雨方歇，　　珠光闪闪翠叠叠。
红萏开綻直挺立，　　绿荷舒卷轻摇曳。
濯涟不妖性情纯，　　出淤不染①本圣洁。
冯夷捧上碧波心②，　　教人自勉效圭臬。

2016 年 6 月 14 日

注①：借自周敦颐《爱莲说》"出淤泥而不染，濯清涟而不妖"。
注②：借自杨亿《白莲》"昨夜三更里，嫦娥坠玉簪。冯夷不敢受，
　　　捧出碧波心"。

漫步曲院风荷

荷风徐徐起，　　祥云飘天际。
圆圆满池萍，　　灿灿一湖碧。
芰荷溢华彩，　　睡莲漾笑意。
芙蓉待出水，　　更显旺生机。
人在画中游，　　焉能不神怡？

2016 年 6 月 15 日

莲花池荷花盛开

千年莲湖碧澄澄，　　波澜不兴雾霭升。
婀娜芙蓉多出水，　　娉婷华盖正临风。
昂首自信立清池，　　低眉自谦隐叶蓬。
形质统一难得美，　　花中君子魂永恒。

2016 年 6 月 20 日

再访曲院风荷

曲院盛夏好寂静，　　信步探幽享伶俜。
湖滩草丛传蛙叫，　　山岗林间响蝉鸣。
出水芙蓉捧怜心，　　遮天翠盖献挚情。
清白方能尽坦露，　　荷风洁身爽泠泠。

2016 年 7 月 5 日

北海赏荷

太液清波映斜阳，　　满池芙蕖泛霞光。
须弥座下莲烂漫，　　琼华岛上塔端庄。
朵朵鲜葩饰橙红，　　层层翠叶染金黄。
许是余晖仍炽热，　　点燃荷灯颂吉祥。

2016 年 7 月 12 日

游樱桃沟

水杉①林密草菁菁， 信步长沟欣然行。
亿年孑遗冲天立， 千尺高技将云擎。
山影朦朦起岚雾， 水声潺潺和蝉鸣。
避开酷热侵袭扰， 获得清爽享宁静。
乘兴登攀石岗台， 虔诚巡礼庄严亭。
勿忘国耻当发愤， 圆梦中华护家情。

2016 年 7 月 24 日

注①：水杉为冰川期前孑遗树种，被誉为植物活化石。

游克什克腾旗阿斯哈图①石林

冰川神力雕巨岩②， 千姿百态矗高山。
一览天书阅沧桑， 绕行石柱识伟岸。
林间探访七仙女， 花前拜见众罗汉。
崎路扑捉黄蝴蝶， 草坡寻觅红山丹。
婀娜桦树情纯纯， 壮丽夕阳光灿灿。
陶冶心灵自然美， 放歌一曲行礼赞！

2016 年 7 月 30 日

注①：阿斯哈图意为险峻的岩石。
注②：中粗粒花岗岩在冰盖、冰川及冰川融水的作用下形成石林。

雨中紫竹院

瑟瑟细雨送清凉，　　池起涟漪荷作响。
修竹淋滴滴凝翠，　　金莲浴水水沁香。
绿毯玉茵掬明珠，　　碧塘菡丛掩舟桨。
难得怡神幽境里，　　养心何计湿衣裳！

2016 年 8 月 15 日

颐和园初秋黄昏

巍巍殿阁映斜阳，　　浩浩湖水漾金光。
荷韵末伏存高雅，　　胜景暮色也辉煌！

2016 年 8 月 19 日

出伏日游圆明园

湛湛蓝天白云起，　　三伏尽出酷暑去。
荷塘依然炫亮彩，　　蝉林不倦响长曲。
斑驳光影寄情愫，　　纷飞羽翼牵思绪。
抖擞精神胸怀敞，　　朗朗秋日风徐徐。

2016 年 8 月 26 日

白露前一日游玉渊潭

荷黄已将节气现，　　两三金莲仍吐艳。
岸畔芦花待绽放，　　潭底游鱼已可见。
柳条曼曼舞风中，　　云影轻轻浮湖面。
容颜虽老不惨澹，　　怀抱清秋迈向前①。

2016 年 9 月 6 日

注①：白居易《南湖晚秋》"惨澹老容颜，冷落秋怀抱"，今反其意。

白露后一日游西堤

天蓝水碧风悠悠，　　长长幽径信步游。
秋荷湖面波不兴，　　寒蝉圳荫歌未休。
光照佛阁阁生辉，　　水映泉山山不流。
西堤麦道迥然是，　　更具韵味在清秋。

2016 年 9 月 8 日

中秋游玉东园①

日朗风轻气清爽，　　玉泉山下好风光。
重重树林万抹绿，　　片片稻田一色黄。
波斯菊丛舞粉蝶，　　定光塔②影浮荷塘。
燃灯俯瞰湖山画，　　中秋佳节送吉祥！

2016 年 9 月 15 日

注①：玉东园位于玉泉山东，颐和园西，原为京西稻产区，现辟为
郊野公园，东南门内有"湖山罨画"石刻。
注②：玉泉山上的玉峰塔又名定光塔。

南昌纪行

丹桂飘香红叶萌， 耄耋同窗聚洪城。

梅岭山林赏秋色， 湾里竹海听涛声。

千里赣江波粼粼， 万里鄱湖碧澄澄。

一泓瑶水平缓缓， 细流山涧响铮铮。

滕王瑰阁玮绝特①， 绳金宝塔七音层②。

霞鹜齐飞美景现， 水天一色瑞气呈。

历史铭记首枪鸣， 大地喜迎红旗升。

缅怀先烈悼故友③， 流连灵地情谊浓。

皱纹深深阅历广， 银发丝丝风采增。

推心置腹互加勉， 山高水长心永恒。

2016 年 9 月 24 日至 27 日

注①：韩愈赞滕王阁"瑰玮绝特"。

注②：绳金塔的铜铃每层一个音节，七层七音。

注③：同学陈葆媛、涂乃登均安眠于南昌近郊。

扎兰屯柴河纪行

才下滕阁辞南昌，　又整行装访北疆①。

欢度国庆会亲友，　欣然巡礼美山乡。

祥云朵朵长空碧，　西风阵阵秋草黄。

满山遍野金灿灿，　大河小溪水泱泱。

绰尔曲水十大湾②，　宁静小镇一天堂。

火山崖洞匿黑熊，　熔岩石海翻绿浪。

神奇壁画现异彩，　纯情白桦散清香。

北斗七星行太空，　天池七座③落地上。

平湖水深结同心，　巅峰林密藏月亮。

高山柞叶红彤彤，　峡谷块垒蓝苍苍。

浩浩柴河波澜起，　细细松针随风扬。

红水湍湍野禽喧，　碧潭清清飞瀑响。

落叶松海绘长卷，　林区军民谱华章。

诗情未了盼得梦，　梦中再游此一方。

2016 年 10 月 2 日至 5 日

注①：由南昌返京后又随子女北上扎兰屯火山地质公园柴河景区，住月亮小镇三天。

注②：十大湾、山水岩壁画、同心天池、月亮天池、火山熊岩、石海、大峡谷、红河谷、碧水潭等均为柴河景区景点。

注③：柴河景区内七座高山天池与北斗星座对应分布，月亮天池、同心天池相当于天璇、天玑星在星座中的位置。

重阳登琼华顶

秋菊炫金黄，　　丹桂散幽香。

健步登白塔①，　　欢心庆重阳。

老人总忘老，　　人老当益壮。

年华渐逝去，　　初心未曾忘。

缘分将持续，　　情谊更绵长。

夕阳虽难久，　　依然放霞光。

2016 年 10 月 9 日（丙申年九月初九）

注①：白塔即小白塔，位于北海琼华岛最高处。

霜降前一日游九州景区

阴雨连绵入深秋，　　山坡却仍绿油油。

虽有枯残乱荷塘，　　更见清澈碧水流。

寒霜将染栌叶红，　　甘露早添格桑①秀。

秀丽之花好神气，　　伴我迈步游九州。

2016 年 10 月 22 日

注①：格桑花又称格桑梅朵，格桑是美好时光或幸福的意思，梅朵
　　　是花的意思。

樱 桃 沟

潇潇雨歇后，　探访樱桃沟。
水杉矗直立，　山涧淌细流。
蓝天衬红叶，　凉风净清秋。
忽而白雾起，　竟在仙境游？

2016 年 10 月 28 日

深秋访香山

松柏枫栌盛芃芃，　绿褐黄红叠层层。
炫彩山影映湖面，　矫健雨燕翔晴空。
初心不忘双清墅，　美景一览香炉峰。
放眼四野胸怀敞，　高歌一曲《东方红》!

2016 年 10 月 31 日

立冬金中都公园漫步

染霜红枫姿飒爽，　临风青杨气轩昂。
喜迎丙申第四立，　苇芒频频也闪光。

2016 年 11 月 7 日

访智珠寺①

名刹遗存历沧桑，　旧柱老砖散幽香。
净土清静尘不染，　杂院新生谱华章。

2016 年 11 月 9 日

注①：智珠寺位于北京东城区，始建于元代，是皇家印刻经书的御
　　用印经厂。

漫步莲花河畔

瑟瑟风送寒，　一地叶斑斓。
堤柳黄间绿，　清流碧沁蓝。
赤枫红彤彤，　银杏金灿灿。
秋去留背影，　放眼更恬然。

2016 年 11 月 17 日

小雪游圆明园

才送绚丽秋背影，　即览萧索冬风景。
山岗阴坡存残雪，　湖面静流浮薄冰。
晴日朗朗气清爽，　劲松苍苍鹊安宁。
喜见纯净水花绽①，　我心当浸也晶莹！

2016 年 11 月 22 日

注①：福海浅滩水草上的积雪结冰后浮在水面上，形成一朵朵晶莹
　　的冰花。

西堤漫步

天水空明去阴霾，　　北风阵阵柳枝摆。
寒山苍绿冰湖碧，　　残荷焦黄芦花白。
枯草萌芽将在望，　　幼雏展翅已可待。
一片静谧孕生机，　　萧条冬日也多彩！

2016 年 11 月 27 日

芦苇礼赞

群芳歇冬花不开，　　唯有簇簇芦穗白。
娆娆绒芒低眉笑，　　纤纤直茎浅滩栽。
经历风霜仍抖擞，　　承受风雪更开怀。
折损也未被吓倒，　　何惧严寒再袭来？

2016 年 12 月 1 日

访霞浦^①滩涂

朝阳破雾出，　　金光耀滩涂。
缎面嵌墨玉，　　锦上镶明珠^②。
网竿竖竹林，　　菜床构美图^③。
天人合而一，　　惊艳在霞浦。

2016 年 12 月 6 日

注①：福建省宁德市霞浦县位于东海之滨，多海湾滩涂。
注②：渔网上的球形浮标。
注③：渔民用长竹竿插入滩涂 3 米，固定网箱、网床养殖海蛎和紫
　　　菜，收获颇丰，还在海面形成一幅幅立体图画。

武夷山纪行

山水人文皆可观，　　武夷胜景①冠东南。
一块石头一山岭，　　九曲溪水九对湾。
竹筏轻盈行水面，　　船工灵巧撑篙竿。
缓缓平流漾碧波，　　滔滔湍水穿石滩。
长溪短涧清见底，　　大鲤小蟹游弋欢。
玉女②娉婷呈祥瑞，　　大王威武佑平安。
乌桕粗干护民居，　　红芽③古树居神龛。
重力亿年崩塌洞，　　悬崖千古架壑棺。
万仞峭壁泻清泉，　　一字岩罅现蓝天。
天游陡峰垂石幕，　　隐屏凹壁遮磨盘。
腾云驾雾凌绝顶，　　临风御气游霄汉。
高高丹霞齐下沉，　　弯弯玉带供鸟瞰。
古人墨宝摩崖刻，　　朱子④理学立讲坛。
武夷精舍育贤士，　　道南理窟聚文胆。
天人合一至善美，　　自然文化互辉焕。
《九曲棹歌》⑤歌声起，更令游人乐陶然。

2016 年 12 月 7 日至 8 日

注①：武夷山为丹霞地貌的风景区，是国家级自然和人文遗产保护单位。

注②：玉女及下文中的大王、一字、天游、隐屏、磨盘皆为山峰名称。

注③：指大红袍茶，因岩坛上母株顶芽为红色而得名。

注④：宋代哲学家、教育家朱熹在此创办武夷精舍讲学并与众多学者切磋理学，故此地有"道南理窟"之称。

注⑤：《九曲棹歌》为南宋大家朱熹所作。

新年登万春亭^①

迈步上高岗，　　登临城中央。
劲风驱阴霾，　　碧空悬艳阳。
光明当普照，　　奉献敢担当。
祝愿新年里，　　更多新气象！

2017 年 1 月 2 日

注①：万春亭位于景山之巅。

红 灯 笼

辛勤劳作北风中，　　高高挂起大灯笼^①。
寒气难阻工人手，　　年味先沾街树丛。
串串锦球光闪闪，　　圆圆笑脸红彤彤。
数九虽长终难久，　　斗柄不日定指东^②。

2017 年 1 月 11 日

注①：今早见几位工人师傅为把春节喜气带给人们，冒着寒风在路
　　　边悬挂大红灯笼，特向他们表达敬意。
注②：北斗斗柄东指，天下皆春。

游园偶遇

红灯高悬彩旗展，　　金鸡即将贺新年。
冰封湖面冻肌肤，　　爱满人间暖心田①。
今日助残顶寒风，　　明朝为民克艰险。
圆明园内多佳境，　　最美风景此一边。

2017 年 1 月 15 日

注①：在圆明园看到北京一零一中学初二的几名学生冒着寒风为听
　　　障儿童募捐义卖，很是感动。

颐和园探梅

崖冰虽未达百丈，　　封冻寒风仍嚣张。
尚无绿芽破土出，　　唯有红梅正绽放。
款款吐蕊挺傲骨，　　脉脉含情散幽香。
更喜艳阳高高照，　　俏丽花枝沐金光。

2017 年 2 月 3 日

雪后圆明园

春雪初霁晨雾浓，　　喜鹊欢歌丛林中。
树梢"梨花"分外白，　　节庆灯笼越发红。
清澈环流波不兴，　　银镶湖面冰正融。
一路走来嘎吱响，　　人心也觉倍轻松。

2017 年 2 月 22 日

迎春花乍开

横斜交叠密如麻，　　泛青劲条缀赤芽。
突现零星嫩黄色，　　原是迎春初绽花。
今朝虽只三两朵，　　来日定将满枝杈。
喜得东风盛起后，　　万紫千红遍天涯。

2017 年 2 月 24 日

明城墙遗址探梅

日丽风和喜满怀，　　探梅古城残墙外。
枝干横斜叶未萌，　　苞蕾娇丽花炫彩。
粒粒裹藏情愫满，　　朵朵袒露含笑开。
稀有芳香散不尽，　　疑是故人乘风来。

2017 年 2 月 28 日

山桃花溪①

水岸翠柳环水沼，　　花溪粉桃涌花潮。
碧波荡漾紫气升，　　金星闪烁春光好！

2017 年 3 月 1 日

注①：山桃花溪位于西山脚下的北京植物园山桃花溪景区。

漫步西堤口占

昆明春水碧如蓝，　西堤绯云隐若烟。
既盼山桃花潮起，　又恐定光①难寻见。

2017 年 3 月 8 日

注①：定光塔位于颐和园西堤以西，为湖光山色之一景。

玉兰盛开

长街风和煦，　朱墙衬松绿。
暖阳绽琼花，　天工雕美玉。
碧空白云起，　红花粉蝶聚。
春光无限好，　深情歌一曲。

2017 年 3 月 12 日

西堤山桃花开

花潮已涌起，　淹没长西堤。
虹彩浮湖面，　倩影映水里。
浩浩兮波澜，　泱泱然生机。
人更长精神，　欢声响大地。

2017 年 3 月 15 日

春分初候风景

东升朝阳耀苍穹，　　北归雁群翔碧空。
金黄丛里添新绿，　　嶙峋堆前缀丹红。
桃李杏梨齐争妍，　　杨柳松竹尽向荣。
独有玉兰真玉质，　　领衔群芳舞春风。

2017 年 3 月 21 日

玉渊潭雨中赏樱

春雨霏霏又还寒，　　早樱却是花烂漫。
层层霜雪积琼林，　　片片云霞映玉潭。
滴滴水珠涤尘埃，　　嫩嫩叶芽托粉瓣。
诗情画意品不够，　　何计甘霖湿衣衫？

2017 年 3 月 23 日

游绮春园

积云满天暮色增，　　绮园依然炫彩呈。
草兰淡紫苞初绽，　　榆梅深红妆已成。
落英纷纷山桃雨，　　清气悠悠杨柳风。
花开花谢时变换，　　青春之美却永恒。

2017 年 3 月 25 日

樱林漫步

林间缓步履，　　听得花私语。
"鲜丽尽展现，　　凋谢无可惧。"
豁达如朝阳，　　淡定似春雨。
孕育好种苗，　　风采定延续！

2017 年 3 月 27 日

题梅花①照赠友人

古今多有诗词赞，　　高雅神形美内涵。
红苞密密缀横枝，　　绿萼紧紧附斜干。
君子志高清气生，　　美人②姿展幽香伴。
何堪未能掬些许，　　聊借镜头供传看。

2017 年 3 月 30 日

注①：梅花为花中四君子之首。
注②：红梅、绿萼梅、美人梅均为梅之不同品种。

中山公园探垂枝梅①

娉婷真梅细垂技，　　嫣红花开正当时。
甜蜜笑靥面小草，　　俊秀神姿映清池。
立足精英察根柢，　　俯身天仙瞰人世。
英才仙女难媲美，　　当献罗浮②赞颂诗。

2017 年 4 月 1 日

注①：垂枝梅为梅花三大系之一的真梅系珍品。
注②：广东罗浮山盛产真梅，故罗浮为梅之名称。

清　明

水碧日丽景清明，　怀念悠然萦逝灵。
呢喃燕语诉相思，　缤纷落英寄衷情。
辛夷①凌空向人笑，　海棠载道伴众行。
生命莫将春光负，　风光大好更求精。

2017 年 4 月 4 日

注①：辛夷又名紫玉兰、望春花。

海棠花溪①

四月花潮起，　浩荡涌花溪。
浪头饰虹彩，　溪流披锦衣。
鲜葩含风韵，　嫩蕾显生机。
汹涌汇汪洋，　气势撼天地。

2017 年 4 月 6 日

注①：海棠花溪位于北京元大都城垣遗址公园内。

九州前湖风景

曾登高塔瞰苏堤，　　未见如此景清晰①。
山岗虽无雷峰高，　　风韵不逊西子奇。
两道银光耀清池，　　三层丹霞映绿地。
岸堤桃花争娇妍，　　湖面柳影伴涟漪。
时起微风迎燕舞，　　偶有蛙声和莺啼。
难道已处尘世外，　　有幸徜徉仙境里？

2017 年 4 月 9 日

注①：笔者登雷峰塔俯瞰西湖时，因天阴观察效果欠佳。

西堤风景

昆明湖上长堤横，　　清流拍岸映晴空。
两畔古柳叶新绿，　　一树碧桃花嫣红。
灿灿草兰露笑靥，　　渺渺白絮闹东风。
人心振奋春正好，　　万物生发竞向荣。

2017 年 4 月 14 日

迟在植物园赏郁金香

今春花甚好，　　探赏竟迟到。
残败一片片，　　鲜亮数寥寥。
休怨凋谢快，　　当喜结籽早。
尊顺其自然，　　风物尽欢笑。

2017 年 4 月 27 日

迁安①纪行

古城坐北依燕山，　滦水缓流绕迁安。

一地黄白矢车菊，　几丛粉紫鲜马兰。

层层碧波拍碧岸，　泱泱台湖②通台山。

座座精舍绿荫拥，　个个小岛石桥连。

神羊③献礼清泉涌，　敌楼显威高崖险。

大理石墙④根基固，　羊峪水关城垣坚。

钢城繁荣今胜昔，　怡心养性人欢颜。

居安思危勤励志，　情怀家国莫等闲。

2017 年 4 月 29 日

注①：迁安市位于河北省东北部，相传曾为黄帝都城。

注②：黄台山下黄台湖有六岛七桥，呈水城景观。

注③：传说有两只白羊在此遇难，获救后为报恩而施展奇术，造出
一处温泉、一处凉泉。

注④：在迁安市大崔庄镇有 1.5 公里长的长城由大理石砌成。

苏 州 行

日丽风和夏花艳，　　万物并秀五月天。
虹桥弯弯留双影，　　白荡①浃浃兴碧澜。
神虎雄踞云起处，　　斜塔高耸海涌山②。
壁状坚岩对峭壁，　　剑形深池淬利剑。
恢宏古刹③呈祥瑞，　　浑厚钟声颂平安。
涓涓西溪环翠木，　　静静枫桥④泊游船。
彩霞升腾炫无际，　　清波荡漾拍水岸。
夕阳金辉染屋宇，　　栈桥炫影仳湖滩⑤。
历来拙朴难政事，　　总有智慧蕴文涵。
兰雪堂前奇石立，　　缀云峰侧龙舟翻。
瘦绉漏透赏石美，　　亭台楼阁得水先。
雨雪阴晴一时聚，　　春夏秋冬四面观。
"爽借清风明借月，　　动观流水静观山。"⑥
为教后人享优雅，　　且留佳境任观瞻。
有形鹰犬石对峙，　　无影木樨香弥散。
曲廊逶迤缘蹊径，　　祥云飘来作峰冠⑦。
古木交柯叶葳茂，　　湖石叠错花烂漫。
粉墙黛瓦绿荫浓，　　小桥流水鲜葩艳。
古街⑧尤显生机旺，　　高架更令大道宽。
三千姑苏春常驻，　　太湖烟波浩浩然。

2017 年 5 月 17 日至 20 日

注①：苏州市大白荡建有城市生态公园。
注②：苏州市虎丘山原名海涌山。
注③：古刹指寒山寺。
注④：枫桥因唐张继诗"姑苏城外寒山寺，夜半钟声到客船"而闻名。
注⑤：太湖国家湿地公园，西枕太湖，东接东渚。
注⑥：文徵明为梧竹幽居撰写的对联。
注⑦：冠云峰为留园镇园之宝。
注⑧：山塘街平江路为临水古街巷。平江路保留了春秋时期吴国伍子胥建构阖闾大城时，水陆并行双棋盘格局。

访独醒^①亭

端午小雨涤尘清，　缅怀先贤访仿亭^②。
勇于担当离骚魂，　不懈进取家国情。
而今已非人皆醉，　当下更需众皆醒。
居安思危当励志，　一路乘风向前行。

2017 年 5 月 29 日

注①：借自屈原《楚辞·渔父》"众人皆醉我独醒"。
注②：陶然亭公园内有仿建湖南省汨罗市玉笥山的独醒亭。

芒种游长春园^①

嫩荷破水出，　新绿铺半湖。
池边游天鹅，　林间啼布谷。
小溪汇福海，　曲径通坦途。
生机盎盎然，　教人莫止步。

2017 年 6 月 5 日

注①：长春园为圆明园三园之一。

游紫竹院

新碧布满荷花渡，　幽篁密聚翠筠处。
八宜轩外绿荫起，　明月岛畔红菖出。
淤泥不染风姿正，　刚直不阿气节殊。
高洁品质虚心怀，　长河放歌赞莲竹。

2017 年 6 月 10 日

莲花池赏荷

片片碧绿尽舒张， 团团艳红显辉煌。
竟是长茎在负荷^①，谁言纤细不担当？

2017 年 6 月 16 日

注①：西晋陆机以荷为茎名，按茎乃负叶者也，有负荷之义，谓之
荷也。后李时珍加以肯定，故有"荷"之称谓。

游满都海公园

故园寻梦漫步游， 思绪万千萦心头。
百亩园中多故事， 十六年间好风流。
起早跑步无冬夏， 偷闲赏花每春秋。
避雨曾钻窄石洞， 留影常举长镜头。
石桥道情娓娓诉， 柳岸听水潺潺流。
而今满池荷盛开， 十九年后喜重游。
苍松雄健绿常在， 满氏风采美依旧。
老者长亭拨琴弦， 幼儿绿茵戏彩球。
茂林修竹显生机， 清池碧波如锦绣。
虽是一人独来去， 无怨无悔乐悠悠。

2017 年 7 月 13 日

长白山北坡纪行

昨日谒罢王红松①，　　今朝登山攀巅峰。

林海茫茫松涛起，　　　苔原荡荡野罂生②。

高山巍巍长崖耸，　　　激流湍湍白花呈。

矿泉涌汇百千顷，　　　岩浆喷铸十六峰。

碧波天池久静谧，　　　赭眶海眼③显峻嶒。

云伴峭壁镜面映，　　　鹰击蓝天画中腾。

温泉浸染五彩出，　　　阆门④外泄一孔承。

势不可挡瀑布响，　　　飞流直下烟雾升。

乘槎通天波涛兴，　　　蕨草铺地岳桦盛。

林间野花花鲜丽，　　　源头玉泉泉清澄。

神山圣水多珍宝，　　　天时地利好民风。

壮美大山长神气，　　　来日何不再攀登？

2017 年 7 月 28 日

注①：长白山脚下露水河有一棵高 35.5 米的千年红松王。

注②：长白山北坡由低到高分布阔针叶林带、岳桦林带和生长高山
　　　罂粟的苔原带。

注③：天池水深 300 多米，相传与大海相通，故被称为海眼。

注④：火山口湖被高出湖面 400 米的山峰围绕，仅此一处向外
　　　泄水。

镜泊湖吊水楼瀑布①

天地造化奇，　　好个大手笔。
飞流吊水高，　　断崖泄洪急。
幅宽展气势，　　瀑响显生机。
恰似逐梦人，　　迸发无穷力。

2017 年 7 月 31 日

注①：世界最大的熔岩气洞塌陷型瀑布，落差 12 米，水帘幅宽
　　　40 余米。

访黄叶村①

晴日朗朗云飘扬，　　西山苍苍水泱泱。
雕楼顶端燕飞舞，　　歪槐枝头叶泛黄。
虽经大师考雪芹，　　尚待后人证冒襄②。
偶闻几声秋蝉鸣，　　撩起卷卷情思长。

2017 年 9 月 17 日

注①：在京郊北京植物园内，相传曹雪芹晚年居此。
注②：胡适考证认定《红楼梦》作者为曹雪芹，但近年来有人以相
　　　当可信的理由认证《红楼梦》实为如皋冒襄（辟疆）所著，
　　　看来有待进一步研究。

秋分游莲花池

几声鹊啼传林间，　一池残荷二分①天。
虽是枯茎仍挺立，　犹有鲜萏在吐艳。
入画何须尽完美，　绽放不必总争先。
黄绿棕红好绚丽，　清风伴舞秋韵添。

2017 年 9 月 22 日

注①：春分和秋分都是二十四节气之一，秋分又称二分。

赴苏州高铁上

乌云低垂雨不休，　广阔田野一色秋。
打窗水滴未直落，　变身涓细横向流。

2017 年 9 月 25 日

访木渎古镇①

石板铺成长街道，　雕梁筑就古宅堂。
最是精彩羡园②在，　更有深厚文脉藏。

2017 年 9 月 26 日

注①：木渎古镇位于苏州灵岩山下，香溪岸畔。
注②：严家花园原名羡园。

灵　岩　山

山石峥嵘蕴灵性，　池水镜平怀柔情。
西施①遗韵景秀绝，　丹桂飘香气清新。

2017 年 9 月 29 日

注①：春秋时吴王夫差在此建馆娃宫，西施在此居住。

游网师园①

高门细镂条凳直，　渔隐精筑可栖迟②。
亭台错落月三轮③，　松柏劲挺竹千枝。
春夏秋冬景齐聚，　朝午夕晚现同时。
迂迴幽径难走尽，　何谓奇巧人方知④。

2017 年 10 月 1 日

注①：网师园初建于南宋，原名渔隐。清代重建，改为现名。
注②：苏州园林仅此园和狮子林设长条凳。园内一门楣题"网师小
　　　筑，可以栖迟"。
注③：临池亭内壁有大镜，故可同时看到三轮月亮。
注④：网师园占地仅八亩，但建构精巧灵动，为苏州园林之最。

访狮子林①

荷塘风清泛涟漪，　精工引来狮群集②。
独自吼罢纵身跃，　三两醒后互戏嬉。
洞壑盘旋飞流下，　山石叠嶂腾空起。
正值国庆欢乐日，　到处一片祥瑞气！

2017 年 10 月 1 日

注①：狮子林始建于元代，被誉为"假山王国"。
注②：由太湖石堆砌成百千姿态各异的拟态狮子。

石公山①记

石公立山前②，　凝望天水间。
两缝进夕辉③，　一线通苍天④。
白璧滑滑坡⑤，　碧水曲曲岸。
日月双照耀⑥，　举世大奇观。

2017 年 10 月 5 日

注①：石公山位于苏州西山岛东南端，三面环水。
注②：山前有两块巨石，形如一对老翁、老妪。
注③④：夕光洞内有两条石缝，一线天由有上亿年历史的岩石形成。
注⑤：明月坡由沉积岩经层间滑动而生成，有 5 000 多平方米。
注⑥：每年的农历九月十三傍晚，在览曦亭可见日月双照景观。

环游东山岛

岚雾缥缈木苍苍，　　烟波浩渺水荡荡。
俯身怡情赏碧玉，　　举目悉心阅华章①。

2017 年 10 月 6 日

注①：在东山上可见太湖中的三山岛，山坡上多有富裕起来的岛民
　　　民居。

岚山别墅园景

倚靠灵岩邻胥江，　　时有轻岚多霞光。
悬垂石榴露齿笑，　　盛开桂花散幽香。
娉婷秋荷展风姿，　　悠扬鸟鸣呈安祥。
庆幸多家新居美，　　更盼全民皆小康！

2017 年 10 月 6 日

北宫彩叶节

远近疏密枫栌松，　　深浅浓淡绿黄红。
人立重阳登高处，　　心醉炫秋诗画中。

2017 年 10 月 28 日

立冬初刻登香山

许是香炉①火力足，　引燃四野烈焰出。
寒霜浸染枫栌林，　秋叶吐露红色素。
尽兴享受大自然，　肃然瞻仰双清墅。
不只为赏好风景，　进山更是要读书②。

2017 年 11 月 10 日

注①：香山因形似香炉的主峰而得名。
注②：借自清代乾隆皇帝《夏日香山》"我到香山如读书"。

初冬西堤

湖面已浮薄冰块，　西堤依然多神采。
铺地柳叶层层绿，　临水芦花簇簇白。
纤秀苇茎迎风舞，　珍稀天鹅御水来。
更有幼刍出萌态，　看得游人乐开怀。

2017 年 11 月 28 日

访北海静心斋①

斋堂典雅石嶙嶙，　　池水碧蓝镜清平。
置画探真画多彩，　　静心求是心纯净。
抱素②孜孜读经典，　　怀朴③娓娓抒衷情。
江南风格园中园，　　陶醉之人悠然行。

2017 年 12 月 6 日

注①：建于清代乾隆年间，经修缮后重新开放，镜清斋、抱素书
　　　屋、罨画轩等建筑焕然一新。
注②③：引自《汉书·礼乐志》"抱素怀朴"。

仲冬颐和园

廓如亭柱挂夕阳，　　十七桥孔耀金光①。
湖面大片虽封冻，　　湍流几股仍起浪。
槐柳婀娜裸枝条，　　松柏雍容着盛装。
仲冬风景也好看，　　更喜生机正深藏。

2017 年 12 月 8 日

注①：太阳直射黄经 255°左右时，落日余晖穿过桥洞，现"金光穿
　　　洞"景观。

琼岛登高

天寒未碍信步行，　　拾级而上琼华顶。
仰瞻白塔瞰太液，　　放飞思绪抒幽情。
嶙峋岩畔修淡泊，　　凛冽风中寻宁静。
庆幸迎来新时代，　　殿宇辉煌松劲挺。

2017 年 12 月 28 日

唐花坞赏花

当谢园丁勤育栽，　　三九仍可赏花开。
簇簇靓色夺目去，　　缕缕香气扑鼻来。
枝枝华贵蕴春意，　　片片锦绣呈炫彩。
这里恰是微缩景，　　显现花开新时代。

2018 年 1 月 11 日

访漪澜堂①

琼荫耐得天酷寒，　　多有精彩可观瞻。
整容古建留真迹，　　护遗华堂迁仿膳②。
文脉搏动廊环水，　　景象凝固屋抱山。
斗柄不日定东指，　　光照清漪映碧澜。

2018 年 1 月 17 日

注①：清乾隆三十六年，模仿无锡市金山寺建造的景区。
注②：原占用漪澜堂的中餐馆（仿膳饭庄），现已腾退。

南下动车上

飞驰奔前方，　　四野雾茫茫。
层云遮山冈，　　积雪映水乡。
悠扬曲调美，　　水墨画卷长。
未闻咣当响，　　车已过大江。

2018 年 1 月 30 日

登姑苏台①

踏雪踩冰登高台，　　姑苏古韵满情怀。
灵光草木历枯荣，　　春秋吴越经兴衰。
功业垂成颂子胥，　　骄奢遗恨哀夫差。
以史为鉴家国事，　　创新美好迎未来。

2018 年 2 月 1 日

注①：姑苏台相传由伍子胥主持建造。现修葺后为苏州市灵岩山景区一处景点。

访香雪海

邓尉山麓好风光，　　梅林千顷苍茫茫。
不日玉瓣积春雪，　　将有琼枝掀波浪。
原木雨雪无气味，　　却是仙葩吐芬芳。
闻梅馆①中人欲醉，　　斜倚高亭②瞰海洋。

2018 年 2 月 2 日

注①：邓尉山腰有闻梅馆，为最佳赏梅处。
注②：梅花亭，亭下岩石有清代江苏巡抚宋荦所题"香雪海"石刻。

虎丘盛景

海涌^①出高岗，　　宝塔踞中央。
雄奇益庄严，　　斜倾注吉祥。
巨石千人坐^②，　　深潭一碧漾。
池水淬利剑，　　壁岩镌华章。
"虎丘"虽后伪，　　"剑池"系真藏^③。
幽境绽鲜蕊，　　小亭祀真娘^④。
碧波留塔影，　　红梅衬粉墙。
一榭^⑤清风爽，　　十亩古莲香。
姑苏风物美，　　繁盛万年长。

2018 年 2 月 3 日

注①：虎丘原名海涌山。
注②：巨石因有上千个人在此听道家大师讲学而得名。
注③：石刻"剑池"为颜真卿真迹，"虎丘"为后人摹写。故民间
　　　有"真剑池假虎丘"之说。
注④：苏州虎丘山断梁殿外石道旁有唐代艺妓真娘墓，后人建亭纪
　　　念之。
注⑤："清风榭"前的大石上刻有"清风一榭隔尘气，槛外荷花漾
　　　水云"诗句，一榭园因此而得名。

同里风光

五湖七岛碧波环，　四十九桥成片连。

清清水网纵横密，　荡荡平原坡洼宽。

人文荟萃兴且盛，　历史沉积厚而坚。

明清街上赏苏绣，　退思园①里忆先贤。

丽则女学火种旺，　西宅别业花卉鲜。

嘉堂铭志悟人世，　珠塔②寄情醉心田。

小桥流水人家美，　勤劳致富日子甜。

继承传统再光大，　保护文物更无前③。

水乡富土④惊寰宇，　华夏风韵长万年。

2018 年 2 月 5 日

注①：建于清代，园名取自《吕氏春秋》"进则尽忠，退则思过"。

注②：根据民间广为流传的"珍珠塔"的故事及历史遗迹修复而成
　　　的珍珠塔景区。

注③：同里文物保护工作成绩突出，享誉全国。

注④：五千年前此地即有先民活动（属良渚文化），宋代建镇，原
　　　名富土，后拆字改名同里。

陆巷^①古村

浩渺太湖冬水蓝，　　寻访古村进东山。
雕楼牌坊石板路，　　老宅深巷清水湾。
枇杷果林满坡地，　　粉墙民居列河岸。
人杰地灵物丰阜，　　水光山色景绚烂。
王叶引领出英才，　　文脉传承树风范。
而今维护治理好，　　明清陆巷换新颜。

2010 年 2 月 6 日

注①：陆巷为明大学士王鏊和宋丞相叶梦得的故里。

扬州纪行

长桥①沐夕阳，　　驱车过大江。
清丽源自然，　　兴盛始盐商。
精英灵境聚，　　水陆交汇畅。
一角西湖瘦，　　半点金山②壮。
五亭③莲出水，　　白塔梅吐香。
连桥④闻吹箫，　　名阁观拍浪。
风景一池秀，　　书画八怪⑤强。
板桥画传神，　　金农字奇旷。
三叶命园名⑥，　　千竹映水塘。
假山现四季⑦，　　宅第排三行。
圆满金楠厅，　　汉学岩柏堂⑧。
摆设文且雅，　　楼宇堂而皇。
寄啸⑨筑晚清，　　风格近西洋。
明堂众厅室，　　精美双层廊。
书声响庭院，　　墨香沁斋堂。
片石赏明月⑩，　　高亭迎朝阳。
东关⑪城楼高，　　石板古街长。
水包皮受用，　　皮包水⑫名扬。
店铺鳞次列，　　市场好兴旺。

古城故事多，　　运河水流长。
今朝再聚势，　　欢歌颂吉祥。

2018 年 2 月 9 日至 11 日

注①：润扬长江公路大桥。

注②：瘦西湖、小金山为扬州著名景点，其名来自名联"借取西湖一角堪夸其瘦，移来金山半点何惜乎称小"。

注③：五亭桥又名莲花桥。

注④：江苏扬州古运河上桥连桥，现有二十余座桥梁，杜牧诗云："二十四桥明月夜，玉人何处教吹箫。"

注⑤：郑板桥、金农等书画家被称为"扬州八怪"。

注⑥：个园主人爱竹，植有竹百种，因其三片叶呈"个"形得园名。

注⑦：园内四组假山分别呈春、夏、秋、冬景观。

注⑧：楠木厅构架用材全部由金丝楠木建成，厅内以圆桌凳表示圆满，书斋汉学堂构架用材全部由柏木建成。

注⑨：何园又名寄啸山庄。

注⑩：片石山房为画家石涛所建，为何园赏月最佳处。

注⑪：南宋城楼门洞地下有唐宋城墙遗迹。

注⑫：水包皮、皮包水为洗浴文化、饮食文化的俗称。

雪花和腊梅^①

腊梅正盛开，　雪花忽飞来。
不是竞秀姿，　却为涤尘埃。
融水沁芬芳，　娇容添神采。
两相亲和美，　浪漫抒情怀。

2018 年 3 月 17 日

注①：农历二月初一，北京下雪了。等了整个冬天，终于迎来了这
　　　场瑞雪，乘兴到颐和园踏雪赏乐农轩的腊梅，很开心！

明城墙侧探梅

碧枝横斜布赤蕾，　绿萼叠交托粉梅。
植株顺势奋力长，　园丁勤劳精心培。
古墙衬花益坚挺，　鲜葩浴雨更妩媚。
万紫千红序幕启，　香飘大地歌声飞。

2018 年 3 月 21 日

游大观园

何等神速播春光，　园林顿时着新装。
柳枝满镶一色翠，　梅花散发多层香。
玉兰展现真玉质，　迎春辉映纯金黄。
旧有红楼名千古，　今人追梦沁新芳。

2018 年 3 月 24 日

西江千户苗寨

上古先民厌征战，　　远迁西民讨耕田。
雷公山高踞险要，　　吊脚楼稳生平安。
白水河清流淌缓，　　风雨桥横廊亭坚。
层层峰峦暮霭起，　　户户窗棂灯光现。
苗家勤劳多才艺，　　芦笙悠扬响云天。

2018 年 3 月 20 日

下舞阳河风景

习习谷风朗朗天，　　一色碧波清且涟。
奇峰飞爆演旖旎，　　高峡平湖显斑斓。
孔雀①精灵展瑰丽，　　将军②威武护平安。
或可胜过九曲水③，　　敢替朱子引为憾。

2018 年 3 月 27 日

注①：指孔雀开屏。
注②：将军柱为喀斯特景观。
注③：武夷山九曲溪曾获朱熹盛赞。

黄果树瀑布

银河悬垂陡坡宽^①，　大水汹涌漫河滩。
飞流直下峭崖壁，　　串珠泻落碧玉潭。
万注冲击发巨响，　　千股交叠起轻烟。
磅礴气势惊魂魄，　　催人振奋心坦然。

2018 年 3 月 28 日

注①：白水河上游陡坡堂瀑布幅宽约 150 米；中游黄果树瀑布高约
　　　77.5 米。

百里杜鹃景区^①

一路五彩^②尽灿烂，　万顷锦绣缘天然。
遍地芳菲不胜数，　　满坡云霞却可挽。
繁茂花王^③雄姿在，　精明奢香美名传。
红军征途多浴血^④，　焕发杜鹃更鲜妍。

2018 年 3 月 29 日

注①：景区天然原始林带宽 1～3 公里，以自然生长了近千年的杜
　　　鹃林为主。
注②：五彩路、醉九牛、云台山为著名景点。
注③：杜鹃花王树树龄 1 260 年。
注④：长征时黄家坝阻击战战场所在地。

农村新貌

布依新村小河湾，　　山水清秀似江南。
开发梯田景色美，　　移出石漠苗民安。
精准扶贫穷乡变，　　勤劳致富楼房迁。
都是党的领导好，　　赢得百姓交口赞。

2018 年 3 月 30 日

游绮春园①

绮春自然春意浓，　　绿水苍松映碧空。
琼枝舒展摇金铃，　　翠条悬垂舞东风。
花吐艳色染池畔，　　鸟唱欢歌响树丛。
有道还寒定回暖，　　必将万紫缀千红。

2018 年 4 月 7 日

注①：绮春园是圆明园的三园之一。

游北京植物园

还寒乍回暖，　　喜迎艳阳天。
鹊声传苍林，　　柳影映碧潭。
绯红饰绿丛，　　灵秀孕花间。
莫负此春光，　　举步更向前。

2018 年 4 月 9 日

玉渊潭赏春

树树笔直新叶鲜，　簇簇妖娆繁花艳。
片片彩霞浮碧水，　堆堆白雪①升蓝天。

2018 年 4 月 11 日

注①：盛开的早樱或比作堆雪。

圆明园仲春风景

春雨浴树丛，　片片绿葱茏。
艳桃面镜水，　碧波映芳容。
半坡草兰盛，　一湖胭脂红。
柳絮已飞起，　生机勃发中。

2018 年 4 月 14 日

南阳纪行

泱泱白河水流长， 解放碑直气轩昂。
科智医商圣贤①地， 宛城聚首老同窗。
景键②精诚策划细， 人文厚重魅力强。
浩浩南水润译广， 迢迢千里济北方。
放眼万顷碧波净， 仰瞻渠首红旗扬。
利国利民功至伟， 源头活水赞丹江。
茅庐古井石牌坊， 布衣躬耕卧龙岗。
千古人龙谁不敬？ 鞠躬尽瘁永流芳。
赞叹浏览汉画馆③， 穿越探访恐龙乡④。
巡礼学院⑤赏珍宝， 参观县衙诵华章⑥。
家宴席间忆趣事， 渔火船上饮佳酿。
绿荫款款抒胸臆， 幽境细细诉衷肠。
难得深交逾甲子， 相扶互勉祝安康。
故人长久情长久， 新时代生新希望。

2018 年 4 月 16 日至 19 日

注①：指科圣张衡、智圣诸葛亮、医圣张仲景、商圣范蠡。
注②：指此次聚会的组织者老同学刘景键教授。
注③：南阳汉画馆中陈列着本地出土的东汉石刻画。
注④：西峡出土大批远古恐龙蛋化石。
注⑤：南阳师范学院设有独山玉博物馆。
注⑥：内乡县衙现有群体建筑门前楹联 30 余幅，其中有上联书"吃
　　　百姓之饭，穿百姓之衣，莫道百姓可欺，自己也是百姓"。

景山牡丹花开

天赐香弥漫， 国色葩初绽。
绣球嵌绿丛， 皇冠①立花间。
姚黄闪炫光， 赵粉②展笑颜。
姹紫嫣红里， 生机蕴无限。

2018 年 4 月 25 日

注①：绣球形牡丹、皇冠形牡丹为牡丹诸多花形之二。
注②：姚黄牡丹、赵粉牡丹均为牡丹珍品。

再游北京植物园

重重绿萌浓， 蜂群闹花丛。
半空飘絮雪， 一地铺彩虹。
暮春短将尽， 活力长无穷。
忘返吟诵者， 银发一醉翁。

2018 年 4 月 29 日

塞罕坝①礼赞

白云起处花盛开，　　滦水源头苗成材。

昔时荒凉黄沙坝，　　今朝茂盛绿林海。

壮士三百志坚毅，　　祖孙三代情豪迈②。

艰辛创业满手茧，　　科技造林焕生态。

绿茵散布马牛羊，　　层林密聚松杉柏。

弯弯溪流清清水，　　缓缓冈丘高高台。

木兰秋狝③响乐曲，　　金莲映日④显神采。

风电高塔闪银光，　　塑胶赛道泛红彩。

曼妙鹃声随风去，　　绮丽云影入湖来。

天地灵气尽收纳，　　山水风貌巧剪裁。

地球卫士⑤功至伟，　　京都后苑盛名在。

塞罕之名意为美，　　大美迎接新时代。

2018 年 6 月 8 日至 10 日

注①：塞罕坝位于河北省承德市。

注②：从 1962 年至 2021 年，三代造林人经 50 多年艰苦奋斗，造
　　　林 112 万亩。

注③④：清朝皇家猎苑，现为林区景点。

注⑤：联合国授予塞罕坝林场建设者"地球卫士奖"。

莲花池赏荷

辽都老水源^①，　野荷遍湖滩。
淡香浮碧水，　群芳濯清涟。
扎根吸泥气，　出水展光鲜。
养性好所在，　古池焕靓颜。

2018 年 6 月 16 日

注①：北京城的肇始之地，因建北京西站曾计划废弃，历史地理学
　　家侯仁之经考证提出"先有莲花池，后有北京城"，力主保
　　存，后西站选址东移。

北海赏荷

芙蓉出太液，　昂然现高洁。
粼粼清澈水，　团团闪光叶。
纯纯情深邃，　殷殷意真切。
唯此荷风起，　方入脱俗界。

2018 年 6 月 22 日

玉渊潭赏荷

雾霾袭扰荷花滩，　所幸未减芙蕖艳。
嫩粉瓣瓣沐熏风，　翠绿片片映微澜。
繁杂外力虽多戾，　纯净本色犹自现。
苇丛野禽忽飞起，　更添活力心怡然。

2018 年 6 月 26 日

常乐坊①城市森林公园

蔺圃起园林，　　衰貌焕然新。
枝繁树葳茂，　　花艳草碧青。
虽非名胜地，　　却呈巧匠心。
僻巷也入画，　　真诚为居民。

2018 年 7 月 4 日

注①：常乐坊原为北京市西城区和丰台区交界处一旧货市场。

大暑二候圆明园

高温虽是性骄横，　　却令大地炫彩呈。
荷舞池塘翻碧浪，　　蝉鸣树梢弄琴声。
花开草坪神飞扬，　　云起天际气升腾。
万物繁荣生机旺，　　蓄足精力待收成。

2018 年 7 月 28 日

仲夏国槐

整齐伫立道路旁，　　生出浓荫散幽香。
高高大大护环境，　　密密实实织清凉。
枝头蝉声时响起，　　风中槐花轻飘翔。
前人栽种后人享，　　老树泰然沐朝阳。

2018 年 8 月 2 日

延庆山水画廊

巍巍绿山冈，	清清碧水塘。
直直树钻天，	曲曲溪流淌。
葳葳青草滩，	层层白石墙。
阵阵蝉声起，	悠悠野花香。
袅袅蝶飞舞，	徐徐风送爽。
醇醇诗意浓，	美美画卷长。

2018 年 8 月 6 日

雨后植物园漫步

夜半梦醒雨声声，	晨起园林雾朦朦。
厚厚云层蔽骄阳，	密密树木临清风。
一池睡莲多色彩，	满坡玉簪正兴盛。
感叹风雨有才艺，	精妙画作新绘成。

2018 年 8 月 11 日

北海夕照

清清太液①映天光，	熠熠金晖耀荷塘。
出水芙蓉展妍丽，	临风翠叶竞舒张。
腾空云朵显炫彩，	履波游船沾幽香。
大地从来有气派，	暮色之中也辉煌。

2018 年 8 月 28 日

注①：北海公园古称太液池，从辽代起就是皇家园林。

登景山万春亭

登上山巅视野明，　四面八方瑞气兴。
浩浩长空起祥云，　袤袤沃土聚精英。
故老殿宇耀金辉，　新建国尊①展豪情。
天地古今集一览，　居安思危健步行。

2018 年 8 月 31 日

注①：中国尊高 528 米，地上 108 层，地下 7 层（不含夹层）。

赴呼和浩特途中

列车飞驰奔向前，　窗景变换转瞬间。
故地风韵如诗画，　往事连绵似云烟。
无怨无悔尚知命，　有情有义最乐天。
潇潇洒洒来又去，　身正心安人泰然。

2018 年 9 月 4 日

青城驿站

崭新木屋路边建，　绿荫环抱花草鲜。
内外整洁设施齐，　窗几明净书报全。
非是贵宾独占用，　专为平民享休憩。
消解劳顿送温馨，　公众好评声连连。

2018 年 9 月 8 日

秋日满都海公园

天光灿灿水碧蓝，　　轻舟静泊柳荫湾。
早熟莲蓬已枯老，　　迟开荷花仍鲜艳。
英名显赫园兴盛，　　环境优雅人康健。
歌声琴声四处起，　　引领风骚悠悠然。

2018 年 9 月 12 日

由京赴额济纳①途中

灿灿红日升东方，　　光耀祖国美北疆。
长城内外无烽火，　　大山②南北正兴旺。
航天城堡③聚英豪，　　大漠沙丘着新装。
京藏京新④高速畅，　　三千里路探胡杨。

2018 年 9 月 26 日

注①：额济纳旗位于内蒙古自治区阿拉善盟，以胡杨林闻名于世。
注②：大山指燕山、八达岭、阴山、大青山、乌拉特山、贺兰山。
注③：航天城堡指东风航天城。
注④：指京藏高速、京新高速。

由额济纳赴哈密途中

无垠碧空悬朝阳，　　刀顷戈壁炫灰黄。
高飞黑鹰好矫健，　　矮伏沙棘更顽强。
奔跑骆驼列一队，　　转动风车排几行。
道路通达风景好，　　还有瓜果正飘香。

2018 年 9 月 27 日

天山印象

疑为白云浮高岗，　　原是大山有雪降。
壁峭岩悬怪石立，　　峰叠峦嶂气势壮。
满坡苍翠松杉盛，　　一水蜿蜒清流长。
心中忽有歌声起，　　"天山南北好牧场"。

2018 年 9 月 28 日

五 彩 滩①

造化神奇隆石岗，　　礅台玄妙着彩妆。
长河碧水淌清波，　　隔岸黄沙聚胡杨②。
胡杨最具顽强力，　　长河直注北冰洋。
大美天下第一滩，　　昭示生命当久长。

2018 年 9 月 29 日

注①：五彩滩位于我国新疆维吾尔自治区布尔津县，注入北冰洋的
　　　额尔齐斯河穿其而过，一河两岸，南北各异。一岸为胡杨
　　　林，一岸为丹霞峭壁石丘。
注②：生长在沙地上千年不死，死后千年不倒，倒后千年不朽的胡
　　　杨树。

喀纳斯纪行

一河长流呈蓝绿，　　群山坚挺炫金黄。
居高一处观鱼台，　　连排三个湾水港。
远眺邻邦山巍巍，　　俯瞰深湖水泱泱。
嶙峋岩石显威风，　　平静碧波泛青光。
软软翡翠镶峡谷，　　闪闪珍珠掀银浪。
升起重雾如仙境，　　揭开轻纱现彩装。
清波横卧霸王龙，　　草滩跌落弯月亮。
云杉钻天节节高，　　激流拍岸声声响。
明镜清冽映山影，　　骄阳灿烂耀叠嶂。
古老泰加经风雨，　　冰川砾石历沧桑。
梦幻景区连栈道，　　宁静山村聚木房。
美不胜收喀纳斯，　　迷人风韵似天堂。

2018 年 9 月 29 日至 10 月 1 日

禾木山村

层层山林扮彩妆，　　粼粼湍流放声唱。
神灵丰饶自留地，　　图瓦质朴古村庄。
清波移动白桦影，　　坡地闪烁黄叶光。
东方泛白天欲晓，　　登上巅峰迎朝阳。

2018 年 10 月 2 日

克拉玛依世界魔鬼城①

瀚海神工筑城墙，　　黄蓝褐红饰殿堂。
大漠再现江格尔，　　雅丹飞出金凤凰。
魔鬼夫妻互帮扶，　　海豹情侣相守望。
惊叹风蚀真高手，　　敬畏自然理应当。

2018 年 10 月 3 日

注①：魔鬼城又名乌尔禾风城，由于风雨侵蚀形成雅丹地貌，因劲
　　风在城里激荡回旋、凄厉呼啸而得名。

赛里木湖

黎明天际泛红光，　　坡后跳出红太阳。
云白雪白互辉映，　　天蓝水蓝相益彰。
大洋最后一滴泪，　　高湖早起三尺浪。
天鹅高歌腾空起，　　碧波荡漾山脊梁。

2018 年 10 月 4 日

九月初九登高

才登琼华顶， 再上万春亭①。
两山展秋色， 一路抒逸情。
居高胸怀敞， 放眼万象兴。
重阳日高照， 红柿②更晶莹。

2018 年 10 月 17 日

注①：琼华岛之巅的白塔与万春亭分别为北海公园和景山公园的制
高点。
注②：景山公园柿子林的柿子成熟后，人不摘，专供鸟类食用。

霜降后一日游植物园

风中赭械好浪漫， 霜后红枫最灿烂。
满天清气呈吉祥， 一地冷香报平安。

2018 年 10 月 24 日

秋日北宫森林公园

山水林石沐秋风， 赤橙黄绿映碧空。
一树一花活力旺， 多姿多彩韵味浓。
已被霜打仍葱郁， 未曾燃烧却火红。
彩虹出现来媲美， 自叹不如消遁中。

2018 年 10 月 28 日

深秋进香山

非是山火正燃烧， 却似烈焰竞蹿高。
堪比宝石有光彩， 不逊春花也妖娆。
漫步坡侧看云起， 斜依亭柱听松涛。
勤走勤看精神振， 养心养性人不老。

2018 年 11 月 1 日

访玉渡山①

巍巍大山幽深处， 静静伸延碎石路。
密密林间鹊声起， 平平水面松影浮。
洌洌清泉织玉帘， 块块砾岩砌天柱。
此地枯槁也入画， 无怪玉皇屡光顾。

2018 年 11 月 18 日

注①：玉渡山位于北京市延庆区，又称"一垛山"。

莲花池残荷

冰封凌晶莹， 叶枯茎犹挺。
根固存活力， 池深育生灵。
寒冬敛亮色， 盛夏现美景。
一年一轮回， 最寄未了情。

2018 年 12 月 10 日

蕙芳园赏兰口占

娿娜一枝秀，　含笑且含羞。
炫目色可褪，　沁心香存久。

2019 年 1 月 5 日

唐花坞迎春花开

正是三九天肃煞，　却有繁星闪光华。
新绿枝枝傍碧丛，　嫩黄朵朵缀红芽。
面对窗外满池冰，　预示门前遍地花。
迎得东风不日返，　喜鹊梅梢①叫喳喳。

2019 年 1 月 10 日

注①：民间将喜鹊登梅树树梢取其谐音为"喜上眉梢"，以表喜悦
之情。

离京南下苏州

飞车驶入长画廊，　最美风景在路上。
坦坦大地好辽阔，　高高蓝天尽晴朗。
浩浩碧水流淌缓，　巍巍苍山气势壮。
纵贯平原过东岳，　横跨黄河又长江。
座座桥梁架江河，　幢幢楼宇遍城乡。
都是大道通行畅，　稳稳直奔正前方。

2019 年 1 月 23 日

冬季木樨花

簇叶墨绿桂子黄，　　隆冬未谢仍芬芳。
寒气难有清香久，　　花期更比四九长。

2019 年 1 月 24 日

周　庄①

灵秀江南美水乡，　　贞丰②泽国历沧桑。
橹船清波呈靓彩，　　民宅古风现辉煌。
六十雕楼③逾百年，　　十四石桥④通八方。
如今小镇更兴盛，　　历史文化美名扬。

2019 年 1 月 25 日

注①：周庄位于昆山南湖一岛上，为全国历史文化名镇。
注②：周庄原名贞丰里，1086 年改名周庄。
注③：指沈厅、张厅等豪宅和古戏台内砖雕门楼。
注④：十四座桥中以钥匙形的双桥闻名于世。

石湖^①风景

楞伽^②耸立气昂昂，　天镜^③飞来水泱泱。
万顷吴波环蠡岛^④，　百株素梅傍渔庄。
长堤横卧束绵带，　彩虹斜跨泛炫光。
涵养生机利百姓，　一湖碧色映上方。

2019 年 1 月 27 日

注①：石湖原为太湖一内湾，春秋时期，因越人进兵吴国，凿山脚
　　　之石以通苏州而得名。
注②：位于石湖上方山上的宝塔楞伽塔，又称"上方塔"。
注③：南宋诗人范成大称石湖为"天镜"。
注④：传说春秋范蠡曾偕西施隐居于此。

水 绘 园^①

碧水绘意境，　馨雅致远行。
篁直古墙斜，　岩兀烟波平。
辟疆梦朱楼^②，　小宛倚镜亭。
琴声伴翰墨，　清流寄深情。

2019 年 2 月 14 日

注①：水绘园位于江苏省如皋市，系明末清初文学家冒襄（字辟
　　　疆）与董小宛的家园。
注②：蔡元培曾认定《红楼梦》系冒襄所著。

谒梅兰芳纪念馆①

梅园花盛放，　风流魂绵长。
引领真善美，　大师永流芳。

2019 年 2 月 14 日

———————————

注①：梅兰芳纪念馆建于江苏省泰州市凤凰墩梅园内。

溱潼古镇①

溱洧关废尚雄壮，　秦泓古镇更风光。
寂寞小楼住先生②，　热闹花轿迎新娘。
古老山城展艳容，　齐心民众务消防。
重视教育有传统，　走出英才③美名扬。

2019 年 2 月 16 日

———————————

注①：溱潼（古称泰泓）古镇始建于明代，位于泰州市。
注②：先生指曾与郭沫若论辩《兰亭序》真伪的高二适。
注③：英才指李德仁、李德毅、李德群三位院士。

访千垛菜花景区

细雨纷纷雾茫茫，　　千垛菜花秀湖上。
大地生成新翠绿，　　春风染出灿金黄。
古时挖壕筑工事，　　今朝造田兴水乡。
人造自然大景观，　　美轮美奂好风光。

雨水二候访北海

琼华沐清风，　　太液冰渐溶。
淡青泛柔柳，　　墨绿罩苍松。
越冬草皮黄，　　迎春灯笼红。
万物待兴发，　　不日齐向荣。

2019 年 2 月 25 日

圆明园漫步

湖面平静雾气浓，　　偶有鹊声响半空。
直垂纤条鼓芽青，　　叠交老枝现苞红。
春色仍须细寻觅，　　寒气正在消退中。
养精蓄锐莫急躁，　　时间自会显神通。

2019 年 3 月 3 日

蕙芳园赏兰^①

万物复苏齐生发，　春兰幽境展芳华。

萼片飞起持神韵，　唇瓣怡然饰仙葩。

蕊柱直直炫异彩，　柔叶弯弯姿婀娜。

花妍条舒香飘远，　无与伦比最优雅^②。

2019 年 3 月 7 日

注①：兰花有三枚萼片：中央一枚叫中萼片，侧面两枚叫侧萼片；
三枚花瓣中心的一枚为唇瓣，侧面的两枚仍叫花瓣。

注②：古人云："竹有节而啬花，梅有花而啬叶，松有叶而啬香，
然兰独并而有之。"

惊蛰初候颐和园

水天一色日昭昭，　轻烟薄晕笼枝梢。

朦朦淡青蓄春意，　点点粉红孕花潮。

静静平湖倒影出，　幽幽阴坡积冰消。

天鹅展翅桃始华^①，　万物复苏仲春到。

2019 年 3 月 10 日

注①：惊蛰有三候，一候为桃始华。

春到玉渊潭

柔柔碧纱饰柳条，　　灼灼粉瓣绽山桃。
灿灿繁星布丫杈，　　茸茸细柱垂枝梢。
清清平流衬秀色，　　娟娟芳姿映绿沼。
朗朗晴空鹊欢舞，　　娇娇早樱苞含笑。

2019 年 3 月 13 日

西堤山桃花盛开

朗朗晴空东风起，　　山桃花潮漫西堤。
疏疏密密布枝杈，　　横横斜斜交连理。
伸展蓝天托山岳，　　下垂碧波探湖底。
激荡振奋人精神，　　大地焕发增活力。

2019 年 3 月 16 日

再游玉渡山

日朗风轻云悠悠，　　山林泉甸任遨游。
苍松耸立气势壮，　　飞瀑作响声不休。
玉渡岗上皇①曾渡，　　忘忧湖畔人忘忧。
大山深处春虽迟，　　涧水穿冰已长流。

2019 年 4 月 8 日

注①：20 米高的石岗上曾建有玉皇庙。

仲春西堤游

分割大湖堤一条，　　绿荫葱茏掩六桥①。
新苇伸展蛙声起，　　碧波荡漾柳絮飘。
海棠贴梗绽鲜丽，　　碧桃簇叶显妖娆。
大好春光莫辜负，　　两水之间乐逍遥。

2019 年 4 月 13 日

注①：六桥指柳桥、练桥、镜桥、玉带桥、豳风桥、界湖桥。

北京植物园春花烂漫

降下彩虹铺大地，　　升起绯云浮天际。
东风徐徐清香散，　　春色灿灿诗情溢。

2019 年 4 月 15 日

中山公园赏花

雨过天情风习习，　　柳絮飘飞布谷啼。
七色仙葩园中聚，　　五彩祥云地面起。
片片绚丽世呈祥，　　处处馨香凤来仪。
当赞园丁最勤劳，　　扮得暮春更旖旎。

2019 年 4 月 21 日

景山公园赏牡丹①

采得阳光聚精华，　养成雍容美仙葩。

色有浓淡红黄紫，　质似厚薄缎绸纱。

芳姿优雅花含情，　神韵纯正玉无瑕。

遂令老者忘垂暮，　青春朝气重生发。

2019 年 4 月 22 日

注①：景山公园内栽种九大色系、十大花型牡丹 2 万余株，有姚
　　　黄、赵粉、豆绿、朱砂垒、二乔、乌龙捧盛、青龙卧墨地、
　　　昆山夜光等珍稀品种。

珍稀牡丹

许是簇叶久浸染，　酿出翠绿嫩花冠①。

红极发紫墨池卧②，　紫极呈黑花魁③现。

都是老天善造化，　更有园丁勤克难。

赢得珍稀品种出，　精心装扮炫人间。

2019 年 4 月 29 日

注①：绿幕隐玉和豆绿牡丹开绿花，俗称绿牡丹。

注②③：青龙卧墨池和黑花魁俗称黑牡丹。

游南海子湿地公园

苍翠绿丛啼布谷，　　漫步湿地探麋鹿。
圣石桥横跨两水，　　酢浆草艳铺一路。
屈辱悲怆流海外，　　欢欣祥和返故土。
而今模式种产地，　　碧波荡漾花起舞。

2019 年 6 月 2 日

莲花池赏荷

团团碧翠浮水上，　　卷卷嫩绿缓舒张。
雨霁叶面闪珍珠，　　风过花蕊现金光。
两季色彩历荣衰，　　一年高度见消长。
最具活力在根系，　　却是默默泥中藏。

2019 年 6 月 8 日

仲夏绮春园

垂垂柳条半空舞，　　圆圆荷叶一池浮。
清清水流映彩云，　　密密林丛啼布谷。
正有炎阳当头照，　　将促芙蓉浴水出。
迎来祥瑞展清丽，　　红粉黄绿绘新图。

2019 年 6 月 13 日

漫步园博园①

雨后风轻天放晴，　　草木葳蕤湖水清。
灰岩弯绕梦幻廊，　　绿荫掩映优雅亭。
锦绣幽谷②化腐朽，　　秀丽园林聚精灵。
"水绿相依"③生态美，　　从容浏览寄逸情。

2019 年 7 月 8 日

注①：第九届中国国际园林博览会举办地。
注②：主景区锦绣谷原为垃圾填埋场。
注③：园林设计体现了"绿色低碳、生态自然"等理念。

漫步北海琼岛

泱泱太液波清清，　　片片芙蕖鲜灵灵。
庄严白塔神韵足，　　祥瑞牌楼工艺精。
登上高岗凭栏眺，　　步入长廊傍水行。
阳气旺盛①当畅享，　　喜看湖面耀金星。

2019 年 7 月 12 日

注①：当日入伏，三伏天为盛夏阳气最盛、气温最高的时段。

记原师范处同志小聚

有幸相交几多年，　　共创事业新局面。
志同道合敢作为，　　心倾力行勤奉献。
难得过往相扶持，　　珍惜今朝互加勉。
举盏莫愁岁月老，　　情理弥深胜从前。

2019 年 7 月 18 日

赴召河途中口占

薄薄絮云浮蓝天，　　重重峰峦路盘旋。
碧野流淌小黄河，　　苍穹笼罩大青山。
过往足迹已无痕，　　今朝生机更彰显。
忽闻鸿雁长鸣声，　　无垠绿茵入眼帘。

2019 年 7 月 21 日

呼市天气（一）

夜半梦醒听雨，　　平添凉意几许。
天亮乌云散尽，　　灿烂朝阳升起。
园林葱茏入画，　　空气清新如洗。
伏天又值雨季，　　天人和谐生趣。

2019 年 7 月 24 日

和林格尔访古

朗朗晴空坡坡树，　　盛乐草原第一都。
环绕残垣探古迹，　　登顶山头赏花木。
先民遗存六千载，　　世事变迁二十户。
以史为鉴共繁荣，　　民族团结齐进步。

2019 年 7 月 25 日

漫步青城公园

故园又重游，　　情思难止休。
林木耸新高，　　钢锭坚依旧。
粉荷灿灿开，　　碧水潺潺流。
岁月可远去，　　活力当长久。

2019 年 7 月 29 日

呼市天气（二）

七八月天孩儿脸，　　阴晴风雨霎时变。
原本艳阳当空照，　　忽而乌云起天边。
方才骤雨泼大地，　　瞬间云朵飘蓝天。
调剂暑热恰到好，　　当赞神奇大自然。

2019 年 7 月 30 日

探访神泉胜境

大河激流奔东来，　　浩浩荡荡浪澎湃。
神奇泉水喷久长，　　清冽甘露涌不衰。
起伏沙丘绽山花，　　无垠苍穹映瀚海。
架缆飞渡母亲河，　　意气风发情豪迈。

2019 年 8 月 3 日

访老牛湾①

九曲十八弯，　　大河水湍湍。
峡谷耸峭壁，　　激流越险滩。
太极②昂首旋，　　神牛③俯身探。
长城④来相会，　　天人两相安。

2019 年 8 月 5 日

注①：老牛湾国家地质公园地处内蒙古自治区清水河县，与准格尔
　　　旗和山西省偏关县隔黄河相望。
注②：太极指太极湾。
注③：老牛湾三面环水，一面连山，形似牛头。
注④：明长城偏关段与黄河在此交会。

黄河流经碛口①

平流直泻南，　受阻在碛滩②。
作响发轰鸣，　起浪掀狂澜。
交汇经纬水③，　切削泥石岩。
其势不可挡，　汹涌奔向前。

2019 年 8 月 6 日

注①：碛口镇位于山西省临县，享有"九曲黄河第一镇"之美誉。
注②：黄河流经大同碛，河道紧缩，形成仅次于壶口的第二险段。
注③：湫水河在此注入黄河。

访雁门关①

车行十八弯，　拜谒第一关。
半部华夏史，　万卷英烈传。
豪情激地利，　雄风撼天险。
熄火熄虽久，　勿忘思危难。

2019 年 8 月 7 日

注①：雁门关位于山西省代县，以"险"著称，有"中华第一关"
　　　之誉。

重访北师大老校园图书馆旧址^①

初识六十四年前，　曾引求知欲火燃。
研读无敢有懈怠，　进取愈加当勤勉。
学为人师传统续，　行为世范文脉连。
有幸老迈学未辍，　心中仍存至圣殿。

2019 年 8 月 21 日

注①：作为北京市文保单位的北京师范大学老校园图书馆是笔者求
　　　学时每晚自习的场所。

访画舫斋^①

太液鲜澄波荡漾，　林塘苍翠泊画舫。
环山绕水多清韵，　居安思危有华章^②。

2019 年 8 月 24 日

注①：画舫斋位于北海公园内，清代行宫建筑，斋名借自欧阳修
　　　《画舫斋记》。
注②：欧阳修的《画舫斋记》记述了在滑州住所以画舫命名的缘
　　　由，抒发其内心的复杂矛盾，警醒自己居安思危。

初　秋

时值夏秋交，　暑热尚未消。
仍被烈日烤，　却有落叶飘。
水清湖镜平，　云淡碧空高。
胸怀坦荡荡，　临风乐陶陶。

2019 年 8 月 27 日

登 景 山

山林起松涛，　拾阶步步高。
银松雪覆盖，　翠薇火燃烧。
宫殿收眼底，　国尊入怀抱。
独立城中心①，　风光无限好。

2019 年 8 月 31 日

注①：景山万春亭位于老北京城南北与东西中轴线中心点。

漫步颐和园口占

蓝天高高气清爽，碧水泱泱波荡漾。
长桥坦坦横湖面，宏图恢恢耸山岗。
秋风徐徐拂大地，鹊声啾啾响天上。
撇弃怨悔心轻松，敞开胸怀人欢畅。

2019 年 9 月 6 日

游运河森林公园

大河奔流水浩荡，贯通南北千里长^①。
秋风轻拂芦苇滩，游舫缓行明镜上。
喜看朗朗新画卷，浮想层层古帆樯。
中华文明一脉传，新时代里更辉煌。

2019 年 9 月 14 日

注①：京杭大运河全长约 1 800 公里。

访天平山^①

石柱肃立朝云端，　枫香高耸傍水前。
平坡突兀万板笏，　龙门险峻一线天^②。
应敬人物第一流^③，当访吴中第一山。
浩然正气永发扬，　乐在人后忧在先^④。

2019 年 10 月 3 日

注①：北宋政治家、文学家范仲淹先祖归葬之地。
注②：万笏朝天、龙门一线天为天平山景区景点。
注③：朱熹赞范文正公仲淹为"第一流人物"。
注④：借自范仲淹《岳阳楼记》"先天下人之忧而忧，后天下人之
乐而乐"。

访南浔古镇^①

好个桑蚕鱼米乡，　　自古物阜人丁旺。
长流东南西宝水^②，　曾出象牛金狗商^③。
莲庄^④碧池绽花美，　嘉业古楼飘书香^⑤。
湖丝经纶满天下，　　文明古镇美名扬。

2019 年 10 月 4 日

注①：南浔古镇位于浙江湖州，明清时为蚕丝重镇，现为江南六大
　　古镇之一。
注②：东市河、南市河、西市河、宝善河在镇中心交汇。
注③：四象（拥有银 1 000 万两）八牛（拥有银 500 万两）七十二
　　金狗（拥有银 100 万两）的南浔富商。
注④：小莲庄始建于清光绪年间的古典园林建筑。
注⑤：嘉业堂藏书楼曾藏书 60 万册。

雨中石湖游

泱泱石湖畔，　　朦朦上方山。
晚莲绽荷塘，　　轻浪拍堤岸。
苇丛栖白鹭，　　浅滩耸水杉。
人在画中游，　　诗兴盎盎然。

2019 年 10 月 5 日

访苏州大学

古今完人齐效仿，　天地正气大发扬。
东吴胜境名学府，　英才辈出继世长。

2019 年 10 月 6 日

访西山岛①

大桥飞架山水间，　长堤横贯岛屿连。
万亩碧茶②布山坡，　千年古樟立村前。
山巅俯瞰蓝环绿，　岸畔放眼水连天。
身处如画风景里，　教人胸怀更坦然。

2019 年 10 月 7 日

注①：西山为太湖西南一座岛屿，是太湖风景区的精华所在。
注②：西山为碧螺春茶原产地。

天安门广场抒怀

五星红旗高飘扬，　伟大事业正兴旺。
一往无前直进取，　百折不挠再图强。
坚持奋斗创幸福，　恒守自信赢辉煌。
歌颂人民歌颂党，　祝福祖国万年长。

2019 年 10 月 14 日

阐福寺①赏菊

艳阳洒金光，　　清风送幽香。
银白衬淡紫，　　浓绿捧深黄。
气色不媚俗，　　神态现端庄。
不羡春花美，　　偏是傲秋霜。

2019 年 10 月 18 日

注①：明朝太素殿旧址，清朝乾隆帝改建为佛教寺院，赐名阐福
寺。1919 年被大火焚毁，遗址在北海公园内。

霞云岭①之秋

层峦叠嶂山巍峨，　　浩瀚绿海响红歌。
赤橙黄黛互交错，　　天地人民相合和。

2019 年 10 月 19 日

注①：北京市房山区霞云岭村为《没有共产党就没有新中国》词曲
创作地。

霜降初候游颐和园

碧云高天西风起，　　黄叶缤纷铺大地①。
堤边水清荷叶残，　　岸畔树高芦花密。
寥廓旷达寓半静，　　灿烂炫彩展秀丽。
迈步登上陡高坡，　　活力焕发心神怡。

2019 年 10 月 26 日

注①：借自范仲淹《苏幕遮》"碧云天，黄叶地"。

过道①古柏

十数古柏过道上，　　植株零散却成行。
但见今朝多缺损，　　却是当年矮树墙。
成长从来多磨难，　　命运总会历沧桑。
变化有失也有得，　　最能教人细思量。

2019 年 10 月 29 日

注①：颐和园之德和园东墙外的南北向过道。

彩色地锦

春花少有此般艳，　　秋叶竟能吐烈焰。
燃烧却无高温升，　　密聚更令鲜丽现。
原是铺地不起眼，　　尔后浴霜夺目炫。
变化依然持本色，　　朴拙终能展新颜。

2019 年 11 月 1 日

访霁清轩①

苍松挺拔悬崖立，　　古轩深藏绿荫里。
碧水缓缓穿石峡②，　　红叶烁烁挂岩壁。
曲廊依顺山坡绕，　　群雀欢聚溪边戏。
独自悠然倚亭柱，　　静听清音琴声起。

2019 年 11 月 4 日

注①：霁清轩始建于清乾隆年间，重修于光绪年间，位于颐和园东
　　　北角，为园中园。
注②：石峡指清琴峡。

深秋玉渊潭

碧潭溢出银光泽，　　玉渊盛满金秋色。
西风阵阵舞芦花，　　野鸭群群戏残荷。
落叶飘飘地炫黄，　　流水潺潺池清澈。
收获季节景物美，　　朗朗晴空放高歌。

2019 年 11 月 6 日

银杏林

高高树冠闪金光，　　长长林带炫金黄。
灿灿金辉耀天际，　　层层金茵展地上。
浓浓秋意演绚丽，　　醇醇秋韵绎辉煌。
满眼尽是斑斓色，　　耳聪目明心情畅。

2019 年 11 月 12 日

初冬玉兰

才卸黄金甲，　　即萌新苞芽。
树高干健壮，　　枝密根深扎。
活力无穷尽，　　神气更复加。
定能胜风雪，　　明春一树花。

2019 年 11 月 20 日

初冬圆明园

太多寒气频袭来，　　秋色虽褪仍溢彩。
林丛半披红纱巾，　　柳岸全絷黄锦带。
水浸残荷倩影斜，　　风拂芦花凤冠摆。
溪边已逝清音响，　　放眼却多生机在。

2019 年 11 月 24 日

日落海滩①

浩瀚无际印度洋，　　浪涛滚滚水泱泱。
深浅浓淡蓝渗绿，　　红黄紫白花飘香。
天际浮现白帆影，　　海面闪烁银波光。
喜见鸥群滩头聚，　　更赞健儿冲浪忙。

2020 年 1 月 19 日

注①：珀斯一处名日落的临印度洋海滩。

游 鼠 岛①

乐曲声中船出港，　　乘风破浪向前方。
迎接鼠年登鼠岛，　　探访天鹅过鹅乡②。
蓝天碧水浪花起，　　银滩翠港海鸥翔。
有幸邂逅岛主人，　　再上灯塔③明航向。

2020 年 1 月 20 日

注①：鼠岛位于印度洋，原居住者为短尾矮袋鼠，故得名鼠岛。
注②：天鹅河由珀斯流入印度洋，因河边有许多黑天鹅而得名。
注③：岛上有建于 18 世纪的灯塔。

河^①边独坐

岸畔静听水流响，　　半空远传鸟欢唱。
阵风起时惊细柳，　　小舟过后掀轻浪。
您悠戏波黑天鹅，　　默默伫水栈桥桩。
独享宁静面向北，　　祝福亲人祈吉祥！

2020 年 1 月 21 日

注①：澳大利亚珀斯境内的天鹅河。

巴瑟尔顿栈桥^①

长长栈桥探深洋，　　浩浩洪流穿桥桩。
千八英尺远海岸，　　八千公里距家乡。
轻巧火车往返勤，　　矫健海鸥穿梭忙。
水底鱼礁人工建，　　精巧坚固世无双。

2020 年 1 月 21 日

注①：巴瑟尔顿栈桥位于澳大利亚珀斯市，栈桥自海岸线延伸到海
中，全长 1840 英尺，约 560 米。

海岸观潮

瑟瑟海风掀大浪，　　朵朵浪花半空上。
层层潮水连连涌，　　阵阵涛声隆隆响。
弯弯银滩现柔美，　　座座礁岩显刚强。
浩瀚示范敞胸怀，　　磅礴教人敢担当。

2020 年 1 月 22 日

桉树林小瀑布

高高桉树直直长，　　清清山泉淙淙响。
流水冲刷涤尘垢，　　暖风吹拂生芳香。
爆声驱除夕怪兽①，　　鸟语祝颂人安康。
恰似亲友情缘久，　　林密荫浓远流长。
2020 年 1 月 24 日（腊月三十除夕）

注①：夕一般指年兽，是古代神话传说中的恶兽。每到除夕，人们
　　就会放爆竹、贴春联驱赶年兽。

威廉姆海滩

林木苍翠花草香，　　佳节清晨鸟欢唱。
鸥展羽翅掠水面，　　浪溅银花撒滩上。
涌流重打礁圆润，　　风暴袭击石坚强。
更有岸岩立巨象，　　大年初一呈吉祥。
2020 年 1 月 25 日（庚子年正月初一）

访古老王国①

丽日和风野花香，　　闲情逸趣游画廊。
密密翠绿汇林海，　　多多生灵护桉王。
拾级登临悬架高，　　迈步游行树冠上。
预兆人往高处走，　　新春逐梦向前方！
2020 年 1 月 26 日

注①：古老王国为一片原始森林，内有国王树、奶奶树等高大粗壮
　　形态各异的桉树。

海边日落

落日从容散金光，　海天再度现辉煌。
夕照虽已时无多，　老叟却当更自强。

2020 年 1 月 26 日

北上①探奇

烈日炎炎风送爽，　绿野茫茫光照强。
万年古木经硅化②，　千里海岸历沧桑。
山坡尽染浓绿色，　湖面巧饰粉红妆③。
自然造化多神气，　好似神游在梦乡。

2020 年 1 月 27 日

注①：在游历西澳大利亚州南部后向北继续行程。
注②：大片硅化木构成著名的尖锐石阵。
注③：粉红湖，因湖中生长的藻类使海水呈粉红色。

神奇大自然

水过沙地成湾港，　风吹岩壁敞大窗①。
坚坚实实异颜色，　层层叠叠奇形状。
贝壳堆积四千年，　海岸垫高三余丈②。
化石聚集微生物，　古老孕造大宝藏③。
神奇自然当敬畏，　天人合一大文章。

2020 年 1 月 28 日

注①：指自然之窗，为著名景点。
注②：贝壳海滩由成千上万个贝壳堆积而成。
注③：世界自然遗产微生物化石滩。

猴子玛雅海滩

蓝天白云水一方，　风平浪静人安祥。
海豚沉浮碧波里，　鹈鹕游弋银滩上。
群鸥展翅漫天舞，　鸵鸟闲步排成行。
如是和谐自然美，　企盼全球能共享。

2020 年 1 月 29 日

游艇扬帆

海面风起白帆扬，　小艇破浪大洋上。
游客欣然聚甲板，　船工熟练调桅樯。
波光闪烁日西斜，　银花飞溅燕低翔。
落日从容散余晖，　天空再度现霞光。
夕阳虽已无多时，　老叟却当更自强。
待到明晨启归程，　日出喷薄定辉煌。

2020 年 1 月 30 日

北京植物园赏郁金香

采来太阳七色光，　装扮大地美画廊。
朵朵鲜花露笑靥，　片片织锦展纹样。
春风得意抹炫彩，　生机勃兴显辉煌。
当谢园丁付心血，　醉我引发少年狂①。

2020 年 4 月 18 日

注①：借自苏轼《江城子·密州出猎》"老夫聊发少年狂"。

游南海子牡丹园

布谷放歌响云天，　　树叶长成浓荫见。
湖面碧波起涟漪，　　坡上绿丛绽牡丹。
淡雅天香正倾吐，　　缤纷国色尽展现。
昔时孤柳又成双①，　　遍地绚丽人陶然。

2020 年 4 月 26 日

注①：清乾隆帝曾赋诗赞颂的双柳，因园林荒芜变为孤柳，现又补
　　种成双。

房山郊游

群山叠翠林涛响，　　满坡碧绿紫槐香。
太行剑崖直耸立，　　永定清波缓流淌。
沉岩突兀绕山路，　　鲜花绚烂围村庄。
迎接节日游郊野，　　山河壮美心欢畅。

2020 年 5 月 1 日

立夏后二日莲花河畔口占

河水清清耀天光，　　斗①柄已指东南方。
万千春红尽化泥，　　璀璨夏花正竞放。
挺拔杨柳浓荫起，　　稠密枝叶神采扬。
喜看万物旺活力，　　教人更应敢担当。

2020 年 5 月 7 日

注①：斗指北斗星座。

山中石竹花

山林响布谷， 大地现新图。
娇翠绿茎叶， 鲜嫩粉石竹。
娇艳无妖媚， 平实显质朴。
莫道草花小， 最可寄情愫。

2020 年 5 月 13 日

北坞公园①风景

碧野耀天光， 芳丛散幽香。
绛染叠叶紫， 绿衬菜花黄。
塔影现高湖， 鹃啼响芦荡。
和风细雨里， 万物竞成长。

2020 年 5 月 18 日

注①：北坞公园位于玉泉山脚下，与颐和园相邻，为三山五园景区
　　　之园外园。

月季园赏花

五光十色彩锦簇， 千娇百媚容艳足①。
习习清风香弥漫， 滚滚花潮浪起伏。
曼曼舞动碧裙展， 脉脉含情笑靥露。
大美境界人陶醉， 胸臆满腔难直抒。

2020 年 5 月 23 日

注①：借自韩琦《中书东厅十咏·四季》"何以此花容艳足，四时
　　　长放浅深红。"

玉渊潭鲁冰花开

绿茵密布小花塔，　炫光溢彩阳光下。
依依偎偎吐鲜蕊，　层层叠叠展苞芽。
坚挺可现神情美，　直立更显气质佳。
联想人间颂母爱，　响起一曲《鲁冰花》。

2020 年 5 月 24 日

游园口占

湖面罩轻雾，　山影有似无。
绿水浮嫩荷，　浅滩聚新芦。
花开色深浅，　鸟啭声起伏。
可爱新生雏，　游弋在通途。

2020 年 5 月 30 日

河滩蜀葵①花

水边草花开，　迎接盛夏来。
直挺显骨气，　缤纷呈绚彩。
无惧雷雨袭，　扛得烈日晒。
矫健自长成，　令人寄情怀。

2020 年 6 月 2 日

注①：两年生草本植物，初夏开花至八月末，花、叶、茎均可
　　入药。

沿永定河游门头沟山区

绿荫浓浓路弯弯，　　波光粼粼水漫漫。
浪涛涌流贯长河，　　峰峦叠翠筑金山。
群燕绕亭频飞舞，　　瀑布越丛直垂展。
移步易景览画卷，　　焉能教人不赞叹？

2020 年 6 月 8 日

陶然亭赏荷

流水潺潺泛清波，　　名亭湖畔赏美色。
粉腮乍露靥尽显，　　绿伞微斜颜半遮。
当赞入泥孕生机，　　更喜细茎负重荷。
步履轻轻岸边走，　　心中响起爱莲歌。

2020 年 6 月 13 日

小　　雨

干旱暑热将雨求，　　幸有上天喜泪流。
晶晶莹莹珠成串，　　淅淅沥沥声不休。
洗尽铅华显本色，　　涤去心尘祛烦忧。
大地万物得滋润，　　欣欣向荣乐悠悠。

2020 年 7 月 13 日

游满都海公园抒怀

天空蓝莹莹，　湖水清泠泠。

苍松耸巍巍，　娇柳舞婷婷。

新荷散清气，　故园最深情。

忆旧无怨悔，　瞻前更光明。

迎福人不惑，　处变心不惊。

何计路迂曲，　欣然向前行。

2020 年 7 月 18 日

记李学东小农庄老友聚会

微风习习雨蒙蒙，　久违故交喜相逢。

白发添加俗气减，　岁月老去雅趣增。

归田锄下菜蔬鲜，　聚首榻前情意诚。

喜看瓜果香满园，　更当完美度此生。

2020 年 7 月 26 日

跳舞的小女孩

才在湖畔舞翩跹，　又入花丛展笑颜。

彩蝶翻飞绿荫里，　仙女降临人世间。

2020 年 7 月 28 日

呼和塔拉

长空碧蓝蓝，　　草甸平坦坦。
山洪积宝地，　　湖水映云天。
一片绿油油，　　五色花艳艳。
恢宏建筑群，　　大庆^①留纪念。

2020 年 7 月 29 日

注①：内蒙古自治区成立 70 周年庆典。

老学生战英

师生缘结红山下，　　青城情谊更有加。
促膝互勉守初心，　　并肩相扶迈埂牙。
剔骨碎肉劝进餐，　　辨草识材共赏花。
可喜古稀人未老，　　耄耋有幸游塔拉。

2020 年 7 月 29 日

立秋二候玉渊潭

蓝天浮彩霓，　　碧水泛涟漪。
荷香徐徐飘，　　蝉声频频起。
一地繁荣景，　　满园祥瑞气。
暑热仍未减，　　催熟正有期。

2020 年 8 月 14 日

游颐和园后湖

薄薄轻雾罩后湖，　　朦朦西山有似无。
铺地玉簪妍花开，　　巡湖天鹅戏水出。
芙蕖盛绽清香溢，　　秋蝉长鸣幽情抒。
喜迎丹江南来水①，　　润译万物庆丰足。

2020 年 8 月 17 日

注①：南水北调中线工程，引丹江口水库之水流经千里后注入颐
　　　和园团城湖蓄水池。

处暑游门头沟山区

高高碧空云卷舒，　　阴柔始升将不伏①。
层层峰峦绿荫里，　　漫漫古道②山深处。
小桥流水忆马翁③，　　落坡④幽境通坦途。
喜看母亲河水涌，　　浩浩荡荡穿谷出。

2020 年 8 月 22 日

注①：暑热来袭阴气潜伏即进入伏天，三四十天后阴气抬升即
　　　出伏。
注②：古道指有千年历史的京西古道。
注③④：元曲作家马致远因"小桥流水人家，古道西风瘦马"而闻
　　　名于世，其故居位于古道旁的西落坡村。

北海秋韵

白塔高高耸云天，　　太液静静漫荷滩。
盛开芙苕虽见少，　　新熟莲籽正嫩鲜。
海棠果实已累累，　　凌霄花朵仍艳艳。
悠长蝉声不时起，　　清爽之气沁心田。

2020 年 8 月 27 日

秋游北京植物园

平湖碧波水荡漾，　　浓荫秋蝉声悠扬。
曲径玉簪展风采，　　方池睡莲散幽香。
难忘桃园会故友①，　　犹记柳亭诉衷肠。
又是一年西风起，　　健步前行迎吉祥。

2020 年 8 月 29 日

注①：作者曾与刘捷鹏、李文娟、杨萍、严晓梅等多位友人游此。

游妙峰山

迎客野花俏，　　大山敞怀抱。
峭壁鬼斧劈，　　石墙神工造。
妙峰呈妙相，　　松坡起松涛。
努力攀金顶，　　比肩峰峦高。

2020 年 9 月 5 日

白露①次日登景山

清气升腾风习习，　　水汽凝垂露滴滴。
亭台高高眺胜景，　　风情满满收心底。
光明普照②有底线，　　危难消解现良机。
变局再大山不倒，　　中轴线上③巍然立。

2020 年 9 月 8 日

注①：白露节气，因仲秋空气中的水分饱和遇冷凝结而得名。
注②：景山万春亭供奉的毗庐遮那佛，意译为"光明普照"。
注③：万春亭位于京城南北与东西两条中轴线的交点上。

游玉渊潭

片片祥云托秋阳，　　泱泱碧水映天光。
密密绿丛花犹艳，　　宽宽荷滩叶渐黄。
季节更替循规律，　　光阴变化本正常。
临风潇洒思绪起，　　催人振奋神采扬。

2020 年 9 月 11 日

访卢沟桥^①

长河碧流水淳淳，	古桥板石辙深深。
十大墩柱撑宏伟，	五百雄狮^②抖精神。
桥头正义枪声起，	墙面罪恶弹孔存。
铭记历史雪国耻，	缅怀英烈扬族魂。

2020 年 9 月 13 日

注①：卢沟桥建成于公元 1192 年，长 266.5 米，横跨永定河。

注②：桥两侧栏柱上雕有 501 个形态各异的小石狮。

故宫角楼^①

紫禁城角美造型，	筒河碧水现丽影。
叠错屋脊计量巧，	灵动飞檐难数清。
构筑精妙古今赞，	匠心智慧神鬼惊。
古建激发人自信，	文化自信入魂灵。

2020 年 9 月 29 日

注①：北京故宫城墙四角各有高 27.5 米的角楼一座，双十字形架构，有檐角 28 个、屋脊 72 条，为明代工匠设计建造，是我国建筑文化一大瑰宝。

游潮白河森林公园

大河水面雾茫茫，千顷苇滩染金黄。
树下静坐听鸟语，池旁漫步闻荷香 。
风起林地铺薄毯，雨后枫冠着红妆。
纷纷落叶正归根，来年老树定健壮。

2020 年 10 月 10 日

北海秋思

风和日丽天湛蓝，　　水碧山青秋花鲜。
灿灿金黄饰坡地，　　炫炫朱红缀林间。
太液平静令心静，　　白塔安稳祝人安。
偶见飘落一枫叶，　　不由思念起连连。

2020 年 10 月 16 日

游北宫国家森林公园①

泱泱湖水蓝蓝天，　　叠叠山峦色斑斓。
片片金菊展清丽，　　株株红枫现娇妍。
潺潺涧流传情意，　　浓浓秋韵满林间。
登高放眼眺远方，　　缕缕思绪尽缠绵。

2020 年 10 月 18 日

注①：北宫国家森林公园位于北京市丰台区西北丘陵山区。

重阳登晾鹰台①

何计汽凝霜②， 登高迎重阳。

丛林起彩霞， 苇塘耀银光。

落叶毋生悲， 华发也图强。

人勇胜海青， 奋斗敢担当。

2020 年 10 月 25 日

注①：位于北京市城南南海子湿地公园，为元明清帝王展示雄鹰海
东青之地。

注②：霜降初候空气中的水分开始凝成白霜，预示冬将至。

影湖楼公园①秋色

高高平湖水荡漾， 层层彩林风作响。

艳艳黄栌红烂漫， 灿灿银杏竞辉煌。

举目绿黛神情怡， 放眼晴霞胸怀敞。

园外园②里景致好， 秋色竟不逊春光。

2020 年 10 月 31 日

注①：影湖楼公园位于北京市玉泉山南侧，为京西园外园之一。

注②：北京市西郊三山五园景区内有园外园 13 处。

立冬漫步玉渊潭

斗柄北移渐入冬，　　绚丽秋色依然浓。
苇塘疑是飘初雪，　　绿地正在铺落枫。
直直水杉现古韵，　　灿灿银杏显艳容。
美景友人①未同享，　　不由缱绻思念中。

2020 年 11 月 7 日

注①：一位好友昨日已离京，未能同游。

银 杏 林

株株笔直昂然挺，　　密密旺盛银杏林。
辛勤人工洒汗水，　　厚实沃土育浓荫。
深秋满天炫金黄，　　初冬遍地铺黄金。
落叶纷纷尽归根，　　回报大地好母亲。

2020 年 11 月 14 日

初冬梧桐

不再碧翠已苍苍，　　雨后更是现棕黄。
任由树冠色多变，　　独有树干自刚强。
绚烂彩叶渐飘下，　　坚挺粗柱总向上。
青玉枝杈伸蓝天，　　静待来仪金凤凰①。

2020 年 11 月 19 日

注①：我国自古就有"植梧引凤"之传说。

访首钢园①

当年源源出好钢，　　而今依然神采扬。
顾及大局图环保，　　迁出首都谱新章。
飞架天桥迎冬奥，　　改造高炉创辉煌。
巧用庞大储料筒，　　尽将神奇精妙藏②。

2020 年 11 月 23 日

注①：首钢集团迁到曹妃甸后，原址辟为工业遗址公园。
注②：原储存原料的筒仓等设施被改造成创意办公、数字智能、智
　　　慧场景等产业。

登 景 山

寒风乍起思万春，　　拾级登顶独一人。
面西下沉太液池，　　朝东高耸中国尊。
京都中轴中心立，　　家国情怀情愫存。
莫道步履已滞缓，　　仍当抖擞振精神。

2020 年 11 月 30 日

金光穿洞

虹桥沐夕阳，　　孔洞透金光。
炫炫十七股，　　灿灿千百丈。
神工筑精妙，　　奇观呈吉祥。
旧地赏盛景，　　不禁情思长。

2020 年 12 月 4 日

大雪初候北海行

太液碧水已封冻，　琼华翠色尚艳浓。
残荷挺挺立冰面，　黄柳袅袅舞北风。
寒气难侵九龙壁，　暖阳高照白皮松。
素描绘出仲冬景，　令人融入图画中。

2020 年 12 月 11 日

雨　　水①

料峭春寒中，　冰层正消融。
风送冷暖回，　雨连天地通。
化冻木始生，　流水草萌动。
不日发新绿，　一片郁葱葱。

2021 年 2 月 18 日

注①：《月令七十二候集解》："正月中天一生水，春始属木，然生
木者必水也。"故立春之后继为雨水，且东风解冻散为雨。

游西山国家森林公园

大美春光在召唤，　遍野山桃正烂漫。
层层坡坳绯云起，　清清湖面花影现。
金黄茱萸寄情深，　苍翠劲松蕴力坚。
英烈丰碑巍然立，　教人奋发永向前。

2021 年 3 月 14 日

玉渊潭春色

堆雪晶莹映天光，　　绯云晕染水一方。
晴空飘洒花瓣雨，　　绿地斜披粉霓裳。
难得饱览清纯美，　　最能引发情思长。
诗意浓浓画中游，　　焉不神怡心欢畅？

2021 年 3 月 19 日

莲花河畔春分①随记

斗移太空正东方，　　日行黄经起点上。
粉红翠绿绘春色，　　呖呖呢喃谱乐章。
新柳曼舞风习习，　　碧波荡漾水泱泱。
阴阳平衡昼夜均，　　正是发奋好时光。

2021 年 3 月 20 日

注①：春分节气太阳运行于黄经零度，北斗星柄指向正东。

河边山杏花盛开

山桃花谢杏花放，　　岸畔烁烁闪银光。
绿茵铺展河水边，　　繁星降挂枝杈上。
粒粒嫩苞娇态现，　　朵朵鲜花笑口张。
向人诉说三月美，　　催人再创新辉煌。

2021 年 3 月 24 日

莲花河岸美人梅

婷婷岸畔绽，　　娆娆绯红现。
清风拂水面，　　美人展娇颜。
最是气质好，　　何止容貌妍。
形神相统一，　　高雅当领先。

2021 年 3 月 27 日

玉渊潭赏樱

璀璨早樱盛绽放，　　无限风流韵味长。
层层雪白现纯洁，　　片片绯红示吉祥。
何其绚丽自然美，　　无比神奇造化强。
更有园丁勤培育，　　造福万众享春光。

2021 年 3 月 30 日

玉　　兰

玉质纯净由天成，　　灵性神通自地生。
日精月华已凝聚，　　祥光瑞气正升腾。

2021 年 4 月 1 日

登穹窿山①

朗朗晴空习习风，　　拾级登顶探穹窿。

满坡修竹高高耸，　　一路晚樱殷殷红。

举目上真殿百座，　　远眺太湖浪千重。

祈福台上思故人，　　一片澄心与之通。

2021 年 4 月 4 日

注①：位于苏州市西南，为苏州市最高的山，是《孙子兵法》的诞
　　　生地，存有千年古刹宁邦寺和道教名观上真观以及清乾隆六
　　　次登山所建的祈福台和望湖楼等古迹。

登相门①城楼

护城老河水泱泱，　　高大相门势雄壮。

干将自古受尊崇，　　传统于今须炳彰。

敬业专注全投入，　　求精创新尽力量。

今朝仍须铸利剑，　　工匠精神当传扬。

2021 年 4 月 5 日

注①：苏州市古城门，因吴国铸剑名匠干将于此铸剑而得名"匠
　　　门"，因方音，讹传为"相门"。

耦园①印象

三面临水陆一方，　园分东西宅中央。
花木池石品优雅，　亭廊楼榭质精良。
假山②形似山峦峻，　佳偶情比耦丝长。
美哉一幅立体画，　涵翠养生小天堂。

2021 年 4 月 6 日

注①：耦园，始建于清雍正年间，沈秉成夫妇于 1876 年扩建后以
　　　佳偶谐音命名以示夫妻恩爱。
注②：东园内有一黄石假山景点。

访南海子牡丹园

大片牡丹未见开，　却有幽香袭人来。
深僻碧丛觅芳踪，　孤独仙葩炫靓彩。
嫩蕊坚挺现丹红，　鲜瓣飘逸呈粉白。
正是有幸先绽放，　引领来日汇花海。

2021 年 4 月 17 日

景山赏牡丹

万春亭下聚群芳，　尽显国色沁天香。
古松浓荫护魏紫①，　新竹翠叶扶姚黄。
升腾乌龙捧盛世，　沉静墨池映艳阳。
美好陶冶人心灵，　自当奋进向前方。

2021 年 4 月 20 日

注①：魏紫、姚黄、乌龙捧盛、青龙卧墨池均为牡丹名贵品种。

绿 牡 丹

叶绿浸嫩瓣，　　碧翠镶华冠。
深沉含诚意，　　优雅展笑颜。
花也做光合①，　　气自更新鲜。
珍品婷婷立，　　孰能不惊艳？

2021 年 4 月 22 日

注①：笔者猜想牡丹花瓣也含叶绿素，故也能进行光合作用，将二
氧化碳和水化合成碳水化合物和氧。

马蔺①花开

墨绿草丛展芳华，　　深浅蓝紫炫春夏。
清丽独引鸢飞舞，　　质朴最使力勃发。
宜直宜曲宜挺立，　　耐旱耐涝耐践踏。
正是马蔺性坚强，　　遂令野生也优雅。

2021 年 4 月 29 日

注①：马蔺又名马莲、马兰，多年生密丛鸢尾科草本植物，可入药。

八 大 处^①

漫坡苍松绿三山^②，　　耸天高塔立峭岩。
一涧碧水长欢淌，　　满树楸花好烂漫。
少时曾作宿营地^③，　　耄耋再次探古庵。
可惜幽静已不复，　　所幸水云仍安然。
肃穆当容欢笑在，　　高雅岂允铜臭沾。
岁月沧桑心坦荡，　　皓首含笑忆华年。

2021 年 5 月 4 日

注①：位于北京市西山，因有长安寺、灵光寺、三山庵、大悲寺等
　　　八座古刹而得名。
注②：指翠微山、平坡山、芦师山。
注③：作者曾参加八大处举办的两期少年夏令营，三山庵是笔者任
　　　辅导员时第五中队的宿营地，正殿门前有一块水云石遇水能
　　　呈现云海景观。

北坞风景

浓淡深浅绿层层，　　缓急抑扬鹃声声。
山清水秀花盛绽，　　波光塔影云升腾。
怡情养性景入画，　　正身安心人逐梦。
又有新叶红烂漫，　　活力迸发更旺盛。

2021 年 5 月 30 日

玉渊潭之晨

薄薄晨雾正消散，　　泱泱潭水起波澜。
曲曲岸滩布浓荫，　　宽宽林地闪亮斑。
纤纤细茎撑翠叶，　　圆圆锦团簇娇莲。
布谷啼声间歇中，　　又有笛音悠悠传。

2021 年 6 月 6 日

垅状山脉深处

湛蓝长空云飘舞，　　连绵垅状岭起伏。
穿越燕赵古长城，　　进入梢沟山深处。
峥嵘峭壁洞通灵①，　　嶙峋砾石峰突兀。
高架木屋歇息好，　　精神焕发迎日出。

2021 年 6 月 12 日

注①：山巅的一排山洞，由一高僧命名为"通灵洞"。

回 呼 市

蜀葵花又开，　　人回故地来。
蓝天起祥云，　　青城呈炫彩。
举盏会亲友，　　促膝诉情怀。
此生有缘分，　　好不快活哉！

2021 年 7 月 7 日

呼市印象

大山北屏障，　　大河南流长。
敕勒川丰饶，　　呼和城兴旺。
蓝天白云舞，　　碧空客机翔。
地铁穿旧城，　　非遗现古巷。
街区竞洁整，　　召庙尽堂皇。
生态显活力，　　金象呈吉祥。
经济正繁荣，　　百姓享安康。
进入新时代，　　更成好地方。

2021 年 7 月 14 日

新建内蒙古自治区美术馆

展现北疆大气概，　　建筑恢宏雄势在。
采得自然好颜色，　　绘出草原美景来。
壮丽江山入画作，　　英雄人民显风采。
文化自信当坚守，　　不负伟大新时代。

2021 年 7 月 23 日

小黑河畔

一河碧水缓流淌，　　绿荫栈道闪祥光。
浅滩新苇抽长叶，　　岸畔夏花吐幽香。
好友相伴沐清风，　　故交欢聚诉衷肠。
往事无悔当回首，　　更美风景在前方。

2021 年 7 月 25 日

乌梁素海^①

红柳茂密水泱泱，　　百鸟乐园芦苇荡。
汪洋难觅古河迹，　　碧空却任群鸥翔。

2021 年 7 月 29 日

注①：位于内蒙古自治区巴彦淖尔市乌拉特前旗，是黄河改道形成
　　　的河迹湖，其名意为"生长红柳的地方"。

过　武　川

蓝天白云高原上，　　油菜染得绿地黄。
乐见风机挥长翅，　　更喜葵花向太阳。

2021 年 7 月 31 日

锡林郭勒大草原（一）

朗朗碧空炫天光，　　朵朵白天掩骄阳。
翠绿原野广而阔，　　平坦大道宽又长。
水草丰美风和顺，　　牛羊成群马健壮。
气势雄浑景色美，　　开阔胸怀人欢畅。

2021 年 7 月 31 日

锡林郭勒大草原（二）

绿野起伏地宽广，　彩云舒卷蓝天上。
丘陵连绵宝塔立，　草原辽阔牛羊壮。
火山遗存山平顶，　马业之都业兴旺。
坑口电站傍煤田，　高压电路通远方。
五台敖包第一大，　美景画卷千里长。
民族团结齐追梦，　繁荣祖国大北疆！

2021 年 8 月 2 日

天坛漫步

遮天古柏枝繁茂，　铺地玉簪花正好。
庄重规整升瑞气，　生动鲜活满碧草。
寰丘气势展天际，　祈年宝顶入云霄。
中华先民创辉煌，　发扬光大在今期。

2021 年 8 月 15 日

玉渊潭雨后

秋荷沐细雨，　洁身净玉躯。
暑热消八分，　韵味浓几许。
池清涟漪起，　风轻晶珠聚。
映出云天美，　更是添雅趣。

2021 年 8 月 20 日

雨后漫步玉渊潭

潇潇雨歇风送爽，　　清流拍岸水作响。
雨淋草茵绿添碧，　　风染荷塘叶渐黄。
玉渊镜平禽游弋，　　苍林茂密鹊飞翔。
罕见秋季连翘艳，　　吉兆呈现人安祥。

2021 年 10 月 6 日

寒露北海行

翠绿松针沾白露，　　泛黄荷叶闪晶珠。
金鱼戏游碧波里，　　喜鹊欢歌荫浓处。
西风吹来枝摇曳，　　古籁声起叶渐疏。
正好独自树下坐，　　悠然欣赏秋景图。

2021 年 10 月 8 日

郊野秋色

绿黄红棕相交错，　　深浅浓淡互调和。
衬上天蓝云朵白，　　最为多彩是秋色。

2021 年 10 月 13 日

重阳登景山

昂首迈步拾级上，　万春亭①前迎重阳。
东瞻国尊呈庄严，　南瞰故宫现辉煌。
北眺中轴响钟鼓，　西望白塔闪祥光。
放眼四方时代好，　家国兴盛老益壮。

2021 年 10 月 14 日（辛丑九月初九）

注①：万春亭位于景山最高处。

北宫秋韵

艳阳炫丹枫，　喷泉飞彩虹。
天鹅戏碧波，　红果满绿丛。
溪流淌山谷，　湖水映碧空。
漫步画卷里，　秋韵漾心中。

2021 年 10 月 16 日

门头沟深秋

大山巍巍气势壮，　长河泱泱水流长。
红枫艳艳吐烈焰，　青苇婷婷散银光。
地锦临风现坚韧，　黄栌抗霜显顽强。
为人何不效晚秋，　暮年也当堂而皇。

2021 年 10 月 31 日

初冬北海

斑斓秋色渐褪尽，　　大地景象待更新。
尚有菊开临风雪，　　更有松挺贯古今。
湖面茎叶虽枯槁，　　水底根系却强劲。
且将活力蕴藏好，　　春来满园遍绿荫。

2021 年 11 月 11 日

元旦登山谒潭柘寺

大山气势壮，　　香烟漫升扬。
古刹显庄严，　　娑罗呈吉祥。
玉兰吐新苞，　　白塔耀银光。
新年钟声里，　　稳步拾级上。

2022 年 1 月 1 日

由北京赴苏州

跨越黄河跨长江，　　风驰电掣向前方。
辽阔平原高山岭，　　通达大路美水乡。
青青麦地黄稻田，　　绿绿林丛清鱼塘。
城镇繁荣山河美，　　祖国大地遍霞光。

2022 年 1 月 7 日

腊月木渎

灵岩山下香溪旁，　寒风频传莺歌唱。
隆冬腊梅正盛开，　三九丹桂仍飘香。
古镇老街业兴盛，　腊月时节人繁忙。
阴霾虽然不时有，　难掩吴中好风光。

2022 年 1 月 8 日

游白马涧龙池^①

青山怀抱碧水漾，　幽林深处古韵长。
勾践卧薪饲吴马，　夫差宠娇孕国亡。
风云变幻改天地，　山川生态谱新章。
亿年水母^②已成群，　百亩寒梅正吐香。
平镜龙池波光闪，　翻腾凤潭瀑声响。
教人耳聪眼明亮，　不负时代敢担当。

2022 年 1 月 9 日

注①：白马涧龙池景区位于苏州市西北 1.8 亿年前形成的山谷。
　　　2 500 年前越王勾践在此被囚，成为吴王夫差的马夫。
注②：龙池中的活化石桃花水母已经在此生存了大约 5.5 亿年，被
　　　誉为"水中大熊猫"。

访宝带桥①

谵台雾茫茫，　　运河水泱泱。
玉带浮湖面，　　长虹卧波上。
石狮护平安，　　古塔祈吉祥。
曾浸纤夫汗，　　屡迎汹涌浪。
平板砌通途，　　卷孔串月亮②。
水工桥技精，　　盛名天下扬③。

2022 年 1 月 10 日

注①：宝带桥，始建于唐代，因时任刺史王仲叔为建桥捐出玉带而
　　　得名。
注②：宝带桥有 53 孔，每年中秋各孔映出月影形成串月奇观。
注③：宝带桥为我国四大古桥之一，已入选《世界文化遗产名录》。

游严家花园①

雨后风轻气清爽，　　幽静羡园沐暖阳。
曲曲石桥跨碧水，　　层层飞檐出高墙。
玉兰耸天伴石笋，　　金鱼戏水游荷塘。
木樨散香传真趣，　　腊梅疏影入书房。
四季景物现同时，　　山水风韵凝一堂。
方寸体悟博而大，　　精细蕴含深且长。
匠心妙手筑花园，　　生生不息好地方。

2022 年 1 月 11 日

注①：严家花园，本名羡园，始建于清雍正年间，后为严氏家族所有。

访雕花楼^①

江南楼首筑精良，　绝美雕艺汇一堂。

砖石金木集大成^②，花卉人物聚多样。

三国故事现檐柱，　横梁高处演西厢。

中华文化多瑰宝，　最当赞美巧工匠。

2022 年 1 月 12 日

注①：雕花楼位于苏州东山岛，本名春在楼，有江南第一楼之称。

注②：雕花楼有砖石金木各类雕刻 3 854 幅，被列为国家级非物质
文化遗产和全国重点文物保护单位。

雨巷^①抒怀

高墙夹幽巷，　狭窄却深长。

撑开油纸伞，　引发遐思象。

挺胸迎风雨，　迈步遣惆怅。

莫负新时代，　前程无限量！

2022 年 1 月 13 日

注①：雕花楼景区内有依照诗人戴望舒《雨巷》一诗布置的景点。

香溪①南岸散步口占

灵岩山泉水流长，　　九里香溪泛祥光。
浓浓树荫浸秀色，　　清清碧波沁遗香。
菜蔬吐绿染堤土，　　渔船撑篙掀细浪。
姑苏水乡风物美，　　置身画中人舒畅。

2022 年 1 月 14 日

注①：香溪源于吴中山泉，长约 4 500 米，传说因水中有西施身上
的香气而得名。

寿　桃　湖①

金山宕口碧波漾，　　采石造就果中王。
天平山下现秀丽，　　天安门前铸辉煌②。
劈痕展露人工美，　　寿桃祝愿人安康。
蟠桃会上也无有，　　难怪苏州胜天堂。

2022 年 1 月 14 日

注①：天平山下原开采金山石的宕口积水成湖，因形似寿桃而得名。
注②：人民大会堂的建筑用石部分采自金山。

访甪直古镇①

江南水镇古韵长，　水清树绿花芬芳。
三步两样风水地，　五湖六泽鱼米乡。
六千年前现人迹，　百十汀水显甪样。
塑壁罗汉传风采，　一代师表②播书香。
说是神兽降福祉，　实因百姓有力量。
人文荟萃物丰饶，　一派瑞气炫光芒。

2022 年 1 月 15 日

注①：甪直古镇位于苏州吴中区。
注②：镇内有文学家、教育家叶圣陶的墓地和纪念馆。

香雪海①探梅

一弄②梅乍放，　雪海"雪"初降。
交错叠枝干，　闪烁露光芒。
含苞蓄靓色，　吐蕊散清香。
凛冽寒风里，　神采正飞扬。

2022 年 1 月 16 日

注①：香雪海位于邓尉山麓，是中国十大赏梅地之一。
注②：梅花三弄，诗作时正为一弄时节。

参观苏州博物馆西馆

狮峰脚下十立方①，　　精华荟萃大殿堂。
万年人文积厚重，　　　姑苏工技现辉煌。
风流水土故事多，　　　悠久历史画卷长。
得以读识纯江南，　　　教我文化自信强。

2022 年 1 月 18 日

注①：苏州博物馆西馆为 10 座立方体形连体石材建筑，面积
4.8 万平方米。

访 留 园①

绿荫绘景风采扬，　　　涵翠宝地泛金光。
长廊②蜿蜒通幽深，　　古木交柯呈吉祥。
灵秀湖石布山池，　　　豪华楠木筑殿堂。
楼宇飞檐伸碧空，　　　亭榭基柱映水塘。
三峰③高插云层里，　　五岭浓凝石屏上。
珍稀石鱼④历亘古，　　活泼金鱼戏碧浪。
一时同现四季景，　　　咫尺缩容乾坤象。
揖峰掬月传莺啭，　　　修绠汲古散桂香。
来此清泉洗心净，　　　修身养性人久长。

2022 年 1 月 19 日

注①：留园，中国四大古典园林之一，始建于明代，新中国成立后
修缮扩建辟为 5A 级景区。
注②：长廊、古木交柯、楠木厅等皆为留园景观。
注③：留园三峰指冠云峰、岫云峰、瑞云峰。
注④：五峰石屏和上古鱼化石与冠云峰并称三大奇石。

留园探梅

傲然立在水一方，　　伸开枝杈迎暖阳。
仙葩盛绽掩黛瓦，　　芳姿娉婷依粉墙。
霜打仍展鲜嫩色，　　雪浴更吐清幽香。
刚强促就花娇美，　　娇美内在寓刚强。

2022 年 1 月 20 日

巡礼太湖岸

严寒无损好风光，　　反使神采更长扬。
山湖同框苇犹盛，　　水天一色船待航。
浩瀚太湖胸怀阔，　　黄金水岸活力强。
漫步寻芳履胜境，　　悠游探幽采花香。
水墨丹青正醉人，　　鲜亮迎春又闪光。
有幸活在新时代，　　寄情山水好安祥。

2022 年 1 月 21 日

返京途中

告别姑苏返家乡，　　动车飞驰向前方。
才览江南水乡美，　　又现北国好风光。
平川原野包容广，　　崇山大河气势壮。
严格防疫有力度，　　科学施策甚精当。
一路追风行平稳，　　天高地广人吉祥。

2022 年 1 月 23 日

在首钢大桥上眺望冬奥会跳台滑雪

滑雪跳台耸半空，　　银白映衬中国红。
冬奥盛会展新貌，　　体育健儿显威风。
人虽眺望英姿远，　　心也投入竞技中。
又遇墩墩吉祥物，　　更让老叟乐融融。

2022 年 2 月 6 日

游颐和园

一碧如洗朗朗天，　　宽宽大湖巍巍山。
久封水面冰层溶，　　深藏坡阴积雪残。
知春亭里探春讯，　　谐趣园中觅苗鲜。
喜见腊梅已一弄，　　即盼香风醉人间。

2022 年 2 月 20 日

漫步玉渊潭

暖阳高照冰层溶，　　潭水荡里拂微风。
鸬雀清脆啭乐音，　　喜鹊灵敏舞碧空。
群群野鸭戏清波，　　双双鸳鸯栖苇丛。
浓浓早春气息里，　　蓄势生机待发中。

2022 年 2 月 27 日

惊蛰北海漫步

北国尚无惊雷响，　　迎春却已盛绽放。
柳丛生烟淡淡绿，　　藤条着苞浅浅黄。
半空红灯金光闪，　　满池太液碧波漾。
何惧寒潮再袭扰，　　东风万里正浩荡。

2022 年 3 月 5 日

河边漫步口占

山桃吐蕊花初绽，　　野草萌发绿河滩。
松针簇拥新塔出，　　画眉欢聚脆音啭。
竹枝舒展翠叶舞，　　河水清澈碧波漫。
春意浓浓生机旺，　　抖擞精神人昂然。

2022 年 3 月 11 日

雨后玉渊潭

雨霁霾消气清爽，　　天水空明日朗朗。
山桃苞蕾叶粉彩，　　迎春鲜花展金黄。
鸳鸯含情潭镜面，　　樱林蕴珠水一方。
独等东风更强劲，　　万紫千红炫春光。

2022 年 3 月 13 日

河边山桃盛开

轻雪飘降抚山桃，　　滋润粉嫩竞妖娆。
难得甘露添活力，　　顺应天意涌花潮。

2022 年 3 月 18 日

春　雪

春雪覆压树枝条，　　银饰巧扮俏山桃。
株株晶莹亮闪闪，　　片片粉白明昭昭。
银星粉瓣相依偎，　　鲜花洁雪互映照。
日暖风和化春水，　　滋润大地现新貌。

2022 年 3 月 20 日

莲花河畔

山桃抽叶山杏开，　　连翘花铃迎风摆。
海棠生发新芽绽，　　玉兰露出芳容来。
温润玉质炫秀色，　　明丽霞光溢绚彩。
已见梅林苞满枝，　　不日将现香雪海。

2022 年 3 月 25 日

北坞风景

碧波浸漫碧湖涯，玉棠掩映玉峰塔①。
绿地盛开花烂漫，山巅耸立塔挺拔。
云蒸霞蔚成风景，天光水色绘图画。
东风浩荡春阳好，神州沃土遍芳华。

2022 年 3 月 27 日

注①：又名定光塔，位于玉泉山顶，塔顶距地面约 150 米。

大好春光

美人梅花好灿烂，　山杏盛开更璀璨。
丹霞绯绯映新柳，　银光熠熠炫绿岸。
万木竞吐碧芽嫩，　大地迥荡清气鲜。
春光大好人振奋，　笃行不怠再向前。

2022 年 3 月 31 日

玉渊潭赏樱

堆堆瑞雪积树冠，　片片绯云布蓝天。
粉彩炫耀清风里，　银光闪烁苍翠间。
苞蕾娇嫩含羞态，　瓣蕊鲜亮展笑颜。
赏得自然造化美，　生发活力正盎然。

2022 年 4 月 1 日

圆明园春色

阵阵清风缕缕香，　　丛丛鲜葩束束光。
垂垂青丝鲜鲜碧，　　润润绿冠淡淡黄。
片片绯红花灿灿，　　粼粼清波水汪汪。
生机满园春色美，　　韵味无限情思长。

2022 年 4 月 3 日

园博园①踏青

文昌高阁临东风，　　永定宝塔耸晴空。
温馨辛夷玉般润，　　贴梗海棠火样红。
满坡山花色艳艳，　　崖壁瀑布水重重。
清明时节踏青好，　　身心沐浴春晖中。

2022 年 4 月 6 日

注①：园博园位于北京市丰台区永定河畔。

春　　光

河水清清静流淌，　　草兰灿灿盛绽放。
东风徐徐拂垂柳，　　碧桃夭夭沐暖阳。
五颜六色展神采，　　千红万紫现辉煌。
人当振奋有作为，　　不负此等好春光。

2022 年 4 月 14 日

玉渊潭暮春

绚丽色彩染树冠，　浩荡花潮没湖滩。
珍稀郁金樱黄绿，　繁盛海棠花嫩鲜。
樱棠相伴有疏密，　花叶各自显浓淡。
世界本是多样化，　和合一片最灿烂。

2022 年 4 月 16 日

谷雨三候长春园①

方池②水清槐飘香，　黄花碧叶遍山岗。
玉带横延长春桥，　芳华竞展含经堂③。
天鹅游弋苇丛间，　苍鹭傲立水一方。
洲桥岛堤水景画，　长春园美春久长。

2022 年 5 月 3 日

注①：长春园是圆明园三园之一。
注②：方池为圆明园内景点。
注③：乾隆年轻时为自己晚年修建的宫殿位于中心岛。

漫步天坛

苍苍龙柏参蓝天， 巍巍殿宇示庄严。
文脉厚重意蕴深， 古建恢宏构筑坚。
未忘丹陛①聆教诲②，曾登天心③立誓言。
而今步履虽蹒跚， 踏上祈谷④仍向前。

2022 年 6 月 7 日

注①：连接寰丘和祈年殿的石砌通道。
注②：1958 年笔者曾在此聆听彭真同志代表党中央对首都高校应
　　　届毕业生的讲话。
注③：天心石位于寰丘坛顶层中心。
注④：祈谷坛上建有祈年殿。

岚山别墅①雨后

仲夏夜短雨送凉， 布谷晨啼天放亮。
凌霄浴雨满架艳， 芙蕖出水一池香。
娆娆红花含喜泪， 润润玉瓣闪祥光。
灵岩山下空气好， 悠然踱步迎朝阳。

2022 年 6 月 13 日

注①：岚山别墅位于苏州市吴中区。

重游石湖①

远眺楞塔耸上方②，　近探天镜③映天光。
凿岩引流垫石底，　筑堤④辟径横湖上。
彩虹跨波凌微澜，　卧龙跃水迎轻浪。
千顷碧波透清纯，　一塘新荷散幽香。
阅尽沧桑登蠡岛⑤，　寄情田园访渔庄。
入画风景这边好，　裁诗韵律意蕴长。

2022 年 6 月 15 日

注①：石湖系越王勾践灭吴时开凿水路形成的太湖内湖。
注②：远方山上有楞加塔。
注③：南宋名臣、文学家范成大称石湖为"天镜"。
注④：石湖上有五条长堤横贯湖面。
注⑤：相传越灭吴后范蠡、西施曾住此地。

苏州阊门①

碧波护城水流长，　吴都阊门通天象②。
江南沃土兴码头③，　乐府诗神④辟山塘。
曾是战火焚毁地，　今为怡情休闲坊。
古往今来多兴废，　见证盛世有城墙。

2022 年 6 月 19 日

注①：春秋时期，伍子胥所建吴都的西北城门。
注②：阊有通天象之意。
注③：北码头是明清时期的货物集散中心，被称为"天下第一码头"。
注④：白居易仕苏州刺史时开辟了山塘河，河堤成为山塘街。

木渎绿道漫步

茵茵青草地，　　兀兀峭石壁。
陡然巨岩耸，　　恰有利斧劈。
人工铺设好，　　自然造化奇。
悠悠绿道行，　　阵阵蝉声起。

2022 年 6 月 21 日

平　江　路

青石砌路基，　　碧波紧相依。
水城四直流^①，　　古街三余里。
路河并行长，　　花木伴生密。
街市贯南北，　　幽巷列东西。
石桥卧波面，　　文脉寓民居。
绿荫粉墙下，　　莺啭琴声起。
三千姑苏史，　　八百风水地。
古迹维护好^②，　　未来更可期。

2022 年 6 月 23 日

注①：春秋时期，姑苏城内水系为三横四直，平江河为第四直。
注②：平江路是有 800 年历史的城市文化街区，其维修保护工作得到联合国教科文组织的高度评价。

雨中太湖湿地

才入黄梅季，细雨淅沥沥。
湖水何浩淼，波面聚涟漪。
莲池吐艳色，杉丛闻鹃啼。
岸滩苇蓼盛，山峦烟云起。
难得致高远，泰然享静谧。
更喜水清澈，尘垢可尽洗。

2022 年 6 月 24 日

荷塘月色湿地公园①

菡萏灿灿映天光，　荷叶田田布河塘。
袅袅临风风凝碧，　婷婷出水水生香。
忆昔月色醉心臆，　却负至人②抒衷肠。
若是先生今到此，　定会欣然续华章。

2022 年 6 月 25 日

注①：苏州市新建的以荷为主题的大型湿地公园，以朱自清的《荷
　　塘月色》命名。

注②：借自庄子《逍遥游》"至人无己"。朱自清先生品德高尚可
　　称为至人。

访网师园①

七亩宅苑结渔网，　　万卷经典散墨香②。

锄月③凝出隐情深，　　锁云④留住华彩漾。

精雕细镂砖门楼⑤，　　笔直耸立粉高墙。

园中有园殿春簃，　　景外生景积善堂⑥。

镜明光亮照亭榭，　　池清水流映天光。

小小石桥⑦引流静，　　短短楹联⑧寓意长。

石屏成像览四季⑨，　　花窗框景展八方。

玲珑湖石⑩现峥嵘，　　苍翠古柏⑪犹刚强。

以小见大真意在，　　由质及形风韵长。

涵碧叠翠富活力，　　中华文采永辉煌。

2022 年 6 月 29 日

注①：网师园位于苏州城东南，始建于南宋。

注②：园主自比渔翁在此隐居，故名网师园。园内曾建有万卷堂藏
　　　书很多。

注③④：进入大门，轿厅两侧各有一天井，西天井砖额上书"锄
　　　　月"，东天井砖额上书"锁云"。

注⑤：主厅门楼砖雕技艺精湛，被誉为"江南第一门楼"。

注⑥：积善堂是园内最高的主体建筑。

注⑦：引静桥为苏州最小的石拱桥。

注⑧：郑板桥所书对联"曾三颜四、禹寸陶分"。

注⑨：四块大理石石屏展现四季景。

注⑩：太湖石堆砌成十二生肖像。

注⑪：苏州最古老的柏树，树龄已有 900 多年。

夕　阳

晴空朗朗水浩荡，	风卷苇丛瑟瑟响。
夕阳西斜仍灿烂，	湖面雾起犹泛光。
落日沉没碧波里，	余晖洒落微澜上。
一夜黯淡何需虑，	明朝又将现辉煌！

2022 年 7 月 2 日

虞山尚湖①

十里青山茫苍苍，	千顷碧波水泱泱。
陡峭奇石仰仲雍，	拂浪长堤怀姜尚。
卧牛②背脊览风景，	剑阁崖壁眺波光。
还湖工程③最是好，	天人合和谱新章。

2022 年 7 月 3 日

注①：因商周之际江南先祖仲雍（虞仲）葬于此而得名"虞山"，
　　　尚湖因在此隐居垂钓的姜尚（姜太公）而得名。

注②：虞山因形似卧牛，又名"卧牛山"，最高处建有剑阁。

注③：因围湖造田破坏了生态环境，后进行了退田还湖工程。

访沧浪亭①

苍苍古松盘虬枝，　　泠泠碧波依花石。
复廊绕水通幽境，　　漏窗框景掩游丝。
无价风月能入画，　　有情山水可成诗②。
正冠整襟谒先贤③，　　濯缨④涤尘探清池。
古老园林高亭在，　　人文厚重当仰止。

2022 年 7 月 5 日

注①：沧浪亭，始建于北宋，为苏州四大古典园林之一。
注②：亭柱刻有集欧阳修、苏舜钦的对联"清风明月本无价，近水
　　　远山皆有情"。
注③：园内有陈列 500 位吴中先贤图像的百贤祠。
注④：借自《诗经·渔父》"沧浪之水清兮，可以濯吾缨"。

虹饮山房①

御码头北香溪旁，　　民间行宫多珍藏。
呈祥显瑞古楼台，　　凝碧挹翠大池塘。
清脆莺啼半空中，　　鲜艳花冠湖石上。
敞亮厅堂展史料②，　　幽深石洞通长廊。
高坡斜径响竹啸，　　卧波曲桥散荷香。
养心怡性风水地，　　还是学史一课堂。

2022 年 7 月 8 日

注①：虹饮山房位于苏州木渎古镇，乾隆六下江南均在此休憩，故
　　　有"民间行宫"之称。
注②：园内的科举馆和圣旨馆展出科举制度文献和清代圣旨原件。

青州古城^①

伟哉华夏文明久，	绵延"东方第一州"^②。
远古早已现人迹，	周初又启封齐侯^③。
海岱^④宋城存遗址，	万年长桥^⑤历千秋。
昭德街^⑥古石板在，	南阳河^⑦长清水流。
气势恢宏阜财门^⑧，	历史厚重年代久。
横直竖齐街巷密，	鳞次栉比民宅稠。
雕樑画柱老府第，	刻木镂砖高门楼。
"三贤"^⑨治理传佳话，	"绿肥红瘦"写风流。
钟灵毓秀文脉深，	聚鸾翔凤神抖擞^⑩。
桂槐亭榭好风景，	"福寿康宁"奇石头^⑪。
山水城池结一体，	人文传承未间休。
民族团结同进步，	古建维护兴旅游。
新时代里新发展，	百姓生活乐悠悠。

2022 年 7 月 9 日至 10 日

注①：青州古城地处山东省青州市，为夏禹命名的古九州之一。

注②：引自苏辙《送龚鼎臣谏议移守青州二首其一》"面山负海古诸侯，信美东方第一州"。

注③：西周初年，姜太公被封为齐侯，在此施政。

注④：因临渤海依泰山而被称为"海岱都会"。

注⑤：青州万年桥，旧名"南阳桥"，始建于宋代。

注⑥：昭德街完整地保留了明清时代的古居，是著名的历史文化街区。

注⑦：南阳河横穿古城，是青州的母亲河。

注⑧：建于明代保存完整的青州城之南门。

注⑨：欧阳修、富弼、范仲淹曾先后任青州知州。

注⑩：词人李清照、画家李成以及一屋三进士的冯氏长期居住于此。

注⑪：偶园内有形似福、寿、康、宁四字的四块太湖石。

回呼和浩特小住

蓝蓝天空云卷舒，　　苍苍大山岭起伏。
敕勒平川沐阳光，　　草甸鲜花享甘露。
故人促膝话夜雨①，　　青城兴业展宏图。
伏天好个大空调，　　让人安然度酷暑。

2022 年 7 月 18 日

注①：借自"何当共剪西窗烛，却在巴山夜雨时"。

原师范处同志小聚

诚挚友谊当延续，　　正有必要①人欢聚。
岁月峥嵘堪回首，　　衷肠纯真可常叙。
敬业奉献尽职守，　　开拓进取同志趣。
有幸今又互加勉，　　深长情思添几许？

2022 年 7 月 21 日

注①：疫情期间非必要不聚会，李学东校长调侃：因刘某（笔者）回呼就有聚聚的"必要"了。

召河草原

大青山高黄水长，　　蓝天碧野花飘香。
召河草原兴旅游，　　希拉穆仁映天光。
风机悠然挥长翼，　　葵花盛开迎艳阳。
星罗棋布列毡包，　　水丰草美遍牛羊。
老汉兴会盏频举，　　长空风和鹰遨翔。
科技兴牧业繁荣，　　勤劳致富人安康。

2022 年 7 月 24 日

游满都海公园

荷花正盛开，　　香飘满都海。
婷婷出碧水，　　靓靓展风采。
故园忆往事，　　柳荫抒情怀。
草木仍含笑，　　迎我又归来。

2022 年 7 月 28 日

再访满都海公园

鲜艳芙蕖炫水塘，　　满园弥漫荷清香。
挺直岩壁耸蓝天，　　睿智哈屯视前方。
淡定探入幽洞里，　　从容漫步拱桥上。
居安不忘思危难，　　迎来清风灿天光。

2022 年 8 月 3 日

大青山

巍巍大青山，　　坦坦敕勒川。
山泉涌清流，　　岩峰擎高天。
苍松遍阴坡，　　雄鹰翔云端。
古道历劫难，　　今朝宜登攀。
他拉铺绿茵，　　大庆现新颜。
内蒙展宏图，　　阳光好灿烂！

2022 年 8 月 8 日

返京途中

朵朵白云飘蓝天，　　层层光伏布山峦。
片片葵花展芳姿，　　台台风机耸峰巅。
条条大道路平坦，　　座座城镇楼毗连。
祖国进步跨骏马，　　新征程上再加鞭！

2022 年 8 月 9 日

河边散步口占

清波漫河滩，　　葳蕤现岸畔。
秋声响幽径，　　镜水起微澜。
暑热渐消退，　　凌霄仍吐艳。
悠然步花丛，　　祈愿人平安。

2022 年 8 月 16 日

清晨散步口占

袅袅西风起，　　朗朗长空碧。
茸茸茅草盛，　　艳艳紫蓼密。
水池传蛙声，　　林地满活力。
忽有蝉长鸣，　　更是添生气。

2022 年 8 月 24 日

赞首钢园①

雄伟炉塔耸半空，　　粗壮管道列纵横。
已向国家献钢铁，　　又为冬奥立新功。
筹组大赛气风发，　　滑雪高台势恢宏。
喜见健儿展身手，　　欢庆首都获殊荣。
工业遗迹综合用，　　科学创新显神通。
石景山塔作见证，　　万年老园正兴隆！

2022 年 8 月 26 日

注①：首钢曾是十大钢铁基地之一。首钢迁曹妃甸后，原址辟为工
业遗址公园。

荷塘秋韵

习习秋风拂荷塘，　　密密秋荷泛金黄。
熟透莲蓬多结籽，　　晚开芙蕖犹飘香。
默默负重细茎挺，　　久久支撑伞叶张。
纤柔却具坚韧劲，　　最能担当神采扬！

2022 年 9 月 2 日

秋游国家植物园北园

雨后弥漫浓雾气，　　西山倒影却清晰。
澄湖水涨更明澈，　　荷塘葩稀愈艳丽。
累累诱人秋果香，　　娆娆醉蝶紫花①密。
脚踏北纬四十度②，　　喜迎大好丰收季。

2022 年 9 月 4 日

注①：园内新植大片醉蝶花。
注②：园内有北纬 40 度标志建筑物。

游门头沟山野

进入深山中，　　绿荫郁葱茏。
块岩叠峭壁，　　奇石摞峻峰。
悬崖泻瀑布，　　平湖卧玉龙^①。
登高胸怀敞，　　临风情思浓。

2022 年 9 月 12 日

注①：双龙峡内有玉龙湖。

漫步玉渊潭

一潭清波映天光，　　几抹秋色染荷塘。
幽静坡地仍翠绿，　　斑斓菊圃闪金黄。
杉林高耸掠喜鹊，　　苇丛茂密栖鸳鸯。
活力四溢仲秋季，　　风清气爽人舒畅。

2022 年 9 月 17 日

西堤行

天水空明气清爽，　　林草繁茂花芬芳。
古柳树下听鸟语，　　石桥亭里看拍浪。
喜看幼鹅初展翅，　　又闻丹桂犹吐香。
精神焉能不振奋，　　催人昂首向前方。

2022 年 9 月 19 日

清晨散步口占

秋风送清凉，	草地泛微黄。
柳条轻摇摆，	河水缓流淌。
浓郁平和气，	温存安宁乡。
焕发精气神，	做人多担当。

2022 年 9 月 26 日

花卉大观园赏菊

金英①清丽披霞光，	花神②文采寓群芳。
风姿高雅暗淡紫③，	神态雍容融冶黄。
日精月华凝佳色，	质朴柢固耐寒霜。
坦荡君子④气节在，	引发赏者气轩昂。

2022 年 10 月 2 日

注①：菊花别名。

注②：晋代才女左芬因颂菊而被民间奉为菊花花神。

注③：李清照有"暗暗淡淡紫，融融冶冶黄"的咏菊名句。

注④：菊花为花中四大君子之一。

重阳节北宫①登高

青山耸碧空，　　喷泉挂彩虹。
三叠潭清澈，　　四面坡葱茏。
枝头果累累，　　石壁水淙淙。
高处舒老眼②，　　喜看枫正红。

2022 年 10 月 4 日

注①：北宫国家森林公园位于北京市丰台区西北部。
注②：陆游《秋思》"欲舒老眼无高处"，今反其意用之。

凉水河滨水公园漫步

西风萧瑟林木疏，　　青草泛黄寒凝露。
半空时飘嫣红叶，　　深秋竟现春色图。

2022 年 10 月 10 日

漫步蔺圃园

常乐坊里秋色浓，　　初霜染得槭叶红。
绿草紫花铺一地，　　黄叶彩技舞半空。
天气已然凉飕飕，　　阳光依旧暖融融。
深秋景象启示人，　　自当笑傲面寒风。

2022 年 10 月 27 日

游陶然亭①公园

朗朗晴空积云散，　　瑟瑟西风送初寒。
榭湖桥下波粼粼，　　银杏林丛金灿灿。
先贤精神放光辉，　　名亭②文化富内涵。
艳红满枝满诗意，　　深秋一游一陶然。

2022 年 11 月 2 日

注①：建于清康熙年间，取名自白居易"共思一醉一陶然"，为
　　　中国四大名亭之一。
注②：园内按 1：1 比例仿建了醉翁亭、兰亭、独醒亭等十余座古
　　　代名亭。

深秋清流

色彩斑斓是深秋，　　气势灵动在清流。
波光映出秋之韵，　　秋韵泉涌久不休。

2022 年 11 月 5 日

秋　　色

林地缘何金光闪？　　谁用这多镉黄①染？
无人有此巨刷笔，　　惟当赞叹大自然！

2022 年 11 月 6 日

注①：一种黄色染料。

立冬二候圆明园

丛林沐暖阳，　　碧水映天光。
滩头芦花白，　　岸畔柳叶黄。
跨波红桥横，　　夹堤清流长。
满地铺炫彩，　　半空传鹊唱。
群禽游弋欢，　　幼雏羽翼张。
四立未见冰，　　好个活力旺！

2022 年 11 月 13 日

初冬颐和园

一片山水一幅图，　　薄薄轻纱罩平湖。
半池残荷拂微风，　　满坡苍松撩轻雾。
如梦如幻虚中实，　　若隐若现有似无。
莫惜秋妆正卸尽，　　静待阳光破云出。

2022 年 11 月 19 日

冬月大叶杨

寒风劲掠大叶杨，　　狂暴凶猛发巨响。
抖动秃枝摧败叶，　　裸露粗干沐阳光。
经受风雪除尘垢，　　卸去枯朽蕴力量。
难得根深柢坚固，　　来年必定更健壮。

2022 年 12 月 1 日

玉渊潭看鸳鸯戏水

鹍鸣息鸣喧^①，　冰镜嵌玉渊。
鸳鸯游碧水，　　匹鸟结姻缘。
情意如潭深，　　冠羽似花炫。
寒风中观赏，　　温馨漫心田。

2022 年 12 月 7 日

注①：大雪初候，鹍鸲不鸣。

红掌花开

碧茎挺拔直向上，　红掌伸展指前方。
鲜黄蕊柱傲傲耸，　油绿叶片坦坦张。
艳妆三九送暖意，　鲜葩腊月示吉样。
惟念疫情早消遁，　喜迎新春人安康！

2023 年 1 月 8 日

杜鹃花开

盆中窜出一捧火，　嫩枝竟被点燃着。
绿底托起红艳艳，　心中顿觉暖和和。

2023 年 1 月 11 日

紫蝴蝶兰花

好似一片紫云彩，　兰后之花①正盛开。
东方瑞气已升起，　天边群蝶齐飞来。
丰满翼翅活力旺，　婀娜风姿神采在。
感谢为人报春讯，　遂令老叟喜开怀。

2023 年 1 月 13 日

注①：蝴蝶兰被人誉为"兰花之皇后"。

水仙花开

紫气自东来，　仙子笑颜开。
玉盘托金盏，　祥光耀靓采。
凌波展骄姿，　临风显仪态。
雅致富神韵，　情思溢满怀。

2023 年 1 月 29 日

立春时节下江南

江南春回早，　草木知春到①。
青苗出麦地，　绿芽绽柳梢。
池水起涟漪，　山岗响松涛。
万物始更生，　来日定繁茂。

2023 年 2 月 4 日

注①：借自南宋张拭"春到人间草木知"。

路边腊梅盛开

悠悠展腊黄，　　烁烁闪金光。
耐过一冬寒，　　赢得满树香。

2023 年 2 月 5 日

盘门景区①元宵灯会

正月十五闹花灯，　　鱼龙飞舞人欢腾。
流光溢彩呈瑞气，　　擂鼓奏乐响歌声。
水陆萦迴民富裕，　　宝塔高耸业兴盛。
居安思危勤奋斗，　　蒸蒸日上好前程。

2023 年 2 月 5 日

注①：位于苏州市古城西南隅，有始建于春秋时吴国都城八门之一
　　　的水陆城门盘门、横跨大运河上建于元代的石拱吴门桥和高
　　　达 44.4 米的瑞光寺塔等古建筑。

访木渎古镇①

早春访姑苏，　木渎好去处。
看香溪清流，　步青石桥路。
赏绣娘新作，　观玉兰古木。
漫游山塘街，　一览秀美图。

2023 年 2 月 7 日

注①：位于苏州市吴中区，北依灵岩山，香溪穿镇而过，相传是苏
　　　绣的发源地。

访黎里古镇①

幽雅宁静古村镇，　婉约清秀美水乡。
明巷暗弄②宜居久，　小桥流水③寄情长。
人中麟凤名天下，　民间风物集一方。
古建古风多古韵，　教人文化自信强。

2023 年 2 月 9 日

注①：位于苏州市吴江区，始建镇于南宋，兴盛于明。早春虽无梨
　　　花放，黎里更有好风光。原名梨花村，为著名的江南四里
　　　之一。
注②：镇内有 115 条明暗弄堂。
注③：一河两街十二座石桥。

游严家花园①

香溪北岸古桥旁，　翘楚之园漾祥光。
博大天地方寸现，　幽深岁月一院藏。
四季轮回在同时，　山川踱步竟可量。
才探倚墙梅欲绽，　忽又闻得腊梅香。

2023 年 2 月 10 日

注①：本名羡园，位于木渎古镇，被建筑学家梁思成誉为苏州园林
　　之翘楚。

游枫桥景区①

大运河岸雨朦朦，　听钟桥上听古钟。
水路千里涌清流，　梅花一弄②绽艳红。
稳固唐灯③照碧水，　庄严古刹④隐绿丛。
美景悦音浓诗韵，　游人如织入画中。

2023 年 2 月 11 日

注①：位于苏州市姑苏区，依傍京杭大运河，因唐代张继《枫桥夜
　　泊》诗而名扬天下。
注②：梅开花分三阶段，一弄为花少苞多。
注③：做为运河航标的唐代铜灯。
注④：指寒山寺。

梅花盛开

路边寒梅悄然开，　　缕缕清香随风来。
冷寂大地生春意，　　苍凉林丛添炫彩。
雅韵恰能示高格，　　芳姿正可抒情怀。
当已召唤东风起，　　将引春潮汇花海。

2023 年 2 月 12 日

游天平山①

春雨初霁登圣山，　　直立笏石齐朝天。
烟云弥漫入幽境，　　梅开时节忆先贤②
敦学而立深而广，　　享乐在后忧在先。
中华人文品格高，　　情寄寒梅永相传。

2023 年 2 月 13 日

注①：位于吴中，多奇石，广植枫秀而成著名枫叶观赏地。

注②：唐代白居易在此乐天楼读书。现建有范（仲淹）文正公纪念馆。

重访网师园①

风韵优雅景精致， 网师小筑可栖迟。
明堂净轩溢文采， 平地深涧漾瑞气。
赏石听风集清虚， 看松读画悟真意。
迂回不尽②山林秀， 云水相忘③在此地。

2023 年 2 月 14 日

注①：位于苏州市古城内，始建于宋代，清退休官员宋氏曾自给为
　　渔翁隐居于此。

注②③：借自钱大昕《网师园记》。

重访石公山①

湖石隆起矗奇山， 松柏根扎岩缝间。
湖外有湖水相通， 岛中有岛桥相连。
石窟幽深露石隙， 云梯高耸入云端。
梅花桩上出神功， 归雪洞中得真传。
水天一色泛样光， 日月双照②现奇观。
赏罢西山好风景， 又见渔船待扬帆。

2023 年 2 月 16 日

注①：位于太湖西山岛。

注②：每年农历九月十三，落日与上弦月同时出现水面。

绍兴纪行

水乡古城天晴朗，　　山青水秀名士乡①。
鲁迅故里风光好，　　石板路宽水巷长。
百草园地养真趣，　　三味书屋育才郎。
一度彷徨即觉醒，　　放声呐喊响八方。
以文伐恶笔锋劲，　　爱憎分明战力强。
革新文化大旗展，　　领军冲锋号角响。
轩辕子孙沸鲜血，　　中华民族硬脊梁。
乌蓬船行轻浪起，　　沈氏园内梅花放。
陆游唐宛再相逢，　　未了惓念人断肠。
钗头凤词示儿诗，　　柔情壮志互交响。
宦海沉浮犹志坚，　　沙场胜负皆气昂。
爱国诗作传千古，　　"亘古男儿"永流芳②。
题扇古桥③传佳话，　　书圣故里傍古巷。
羲之宅捐戒珠寺④，　　墨池水遗砚墨香。
"兼容并包"心胸阔，　　"劳工神圣"口号响。
"学界泰斗"民尊崇，　　"人世楷模"众敬仰。
深厚文脉长延续，　　优良传统大发扬。
改革开放立潮头，　　稽山鉴水放光芒。
古城焕发新活力，　　"大有可为"好地方。

2023 年 2 月 17 日～3 月 1 日

注①：绍兴有王羲之、陆游等诸多名士。
注②：引自陆游"亘古男人一放翁"。
注③：相传王羲之在此桥旁为一老婆婆题扇。
注④：相传王羲之忏悔自已错怪僧人窃珠致僧人自尽，遂将家宅捐
　　　给寺庙并戒除对珍珠的爱好，又以戒珠为寺名。

游乌镇西栅①

西市水流②泛天光，　　乌蓬船行破轻浪。
观赏旧房老风情③　　　巡礼古镇新景象。
百座石桥跨碧波，　　　十余小岛连水乡。
古塔④千载耸高空，　　水杉百年列成行。
白莲寺栖宝塔下，　　　如意桥横运河⑤旁。
洞中有洞桥里桥⑥，　　河外有河长又长。
翡翠漾⑦池波不兴，　　唐园⑧幽境梅飘香。
战士英魂归故里，　　　茅盾风节当敬仰。
赏景吟诗临清风，　　　听水问茶在小巷。
明灯万盏光璀璨，　　　古琴一曲音绕梁。
江南水镇多风韵，　　　从此令人总神往。

2023 年 2 月 19 日

注①：位于浙江嘉兴桐乡，始建于南宋，现为 5A 级景区。
注②：西市河穿镇而过。
注③：镇内多明清古建。
注④：始建于宋代的白莲寺塔为全镇最高建筑。
注⑤：京杭大运河。
注⑥：从两座直角相交的桥的一个桥洞可见另一桥洞故称桥里桥。
注⑦：岛上小湖。
注⑧：建于清代的私家园林。

游香雪海

邓尉山麓风和畅，　　一片雪海飘清香。
登高放眼赏美景，　　入胜出幽探艳芳。
梅花三弄展高雅，　　逍枝百态现阳刚。
人老仍当再拾级，　　莫负此等好春光。

2023 年 2 月 20 日

登渔洋山①

东风习习散梅香，　　细雨霏霏登渔洋。
梵天花海彩百顷，　　金鳌高阁②耸千丈。
云水几泓多层景，　　太湖一览万重浪。
伍相不忘将恩报，　　赢得今朝好风光。

2023 年 2 月 23 日

注①：渔洋阁位于苏州太湖西山岛，山形似鳌有独占鳌头之势。

注②：伍子胥将此山赠予对他有救命之恩的渔翁之后人，并命名渔洋以示渔翁之恩大如海洋。

旅欧诗作摘抄

（以下诗作为 2000 年 9 月赴德国探望在图宾根大学攻读博士学位的女儿时所创作）

天 鹅 湖①

湖畔绿油油， 　碧波映红楼。
野鸭掠水飞， 　天鹅结队游。

注①：位于德国巴登符腾堡州图宾根市，是流经该市的河中湖。

黑 天 鹅

寻觅珍禽绕湖行， 　钟声乍起驻足听。
回首桥下幽暗处， 　蓦见红喙亮眼睛。

绿

习习清风雨初晴， 　阵阵钟声伴鸟鸣。
浓淡深浅都是绿， 　安能令人不生情？

林海日出

林海苍莽云霁开， 　空山静寂人独在。
几声呼唤声未落， 　一轮红日升起来。

大学植物园所见

朱藤绕苍松，　　直伸晴空中。
一览刚柔美，　　满目蓝绿红。

红　　枫

试与天比高，　　微风叶飘摇。
新红初染就，　　秋色又添娇。

清晨散步口占

累累秋实压枝低，　　幽幽散发果香气。
硬壳种子噼啪落，　　喳喳喜鹊高枝栖。

锡格马林根城堡

城堡雄踞峭壁上，　　尖塔圆顶竞比高。
滔滔河水绕崖过，　　对岸群山响松涛。

慕尼黑路德维希宫花园

绿草如茵花枝俏，　　雕塑传神树墙高。
湖水清洌浮天鹅，　　小河蜿蜒横木桥。

秋　景

万木浴煦风，　沐雨更繁荣。
粗干添苔绿，　苹果染地红。

海德堡老城

一江清波横拱桥，　半山浓绿簇古堡。
如诗如画人易醉，　遂令诗翁①屡倾倒。

注①：相传德国诗人歌德一生中曾 8 次游历海德堡。

登海德古堡

碉堡坍塌城垣残，　雄伟气势却未减。
危墙断壁仍耸立，　尊贵公侯早化烟。

博登湖游艇口占

碧波泱泱，　白帆鼓张。
蓝天荡荡，　银鸥低翔。
绿岸葱葱，　掩映红墙。
优哉游哉，　心怡神扬。

埃菲尔铁塔

仰望尖顶离天近，　　俯瞰赛纳河水清。
空前绝后奇创意，　　万吨钢铁也轻盈。

缮伯容花园①

池清坡绿花娇美，　　墙黄顶褐林茂葳。
柱廊优雅高丘立，　　遥对宫殿相映辉。

注①：始建于 17 世纪末，茜茜公主曾在此居住。

苏黎世湖（一）

泱泱大湖平如镜，　　高高雪山耸入云。
水色深浅时变幻，　　雪峰堆云难辨明。

苏黎世湖（二）

远山如黛色朦胧，　　对岸丛绿掩瓦红。

白鸥展翅碧水上，　　银帆闪现波光中。

莱茵瀑布

跌落悬崖湍激水，　　冲撞横岩再跃高。

汹涌澎湃飞狂瀑，　　翻腾旋裹泻惊涛。

夕照浪花出虹彩，　　辉映波光现碧条。

轰鸣阵阵奔流去，　　雾气朦朦轻烟飘。

莱茵瀑布崖下石壁石柱

飞瀑迎面岿然立，　　汹涌狂浪任撞击。

砥柱激流根基固，　　嶙峋巨石称神奇。

饮绿水榭四季之歌①

（一）

春水凌凌，　浮光掠影。
翠柳临风，　饮绿生情。

（二）

夏池盈盈，　满目青青。
圆荷浮水，　饮绿多情。

（三）

秋风轻轻，　苍松劲挺。
残荷多姿，　饮绿深情。

（四）

冬雪莹莹，　四周寂静。
孕育新芽，　饮绿含情。

注①：由作者于同一年内在同一地点从同一角度拍摄的冬春夏秋景
　　　四幅照片的配诗。后文四季之歌类同。

澹宁堂后湖四季之歌

（一）

依山傍水气恢宏，　　银装素裹澹宁宫。
知耻后勇歌一曲，　　唱得斗柄渐指东。

（二）

谷风习习春意重，　　杨柳青青相依拥。
盛世重建歌一曲，　　湖水澄明映柱红。

（三）

满目苍翠郁葱葱，　　再造华堂夺天工。
敞开胸怀歌一曲，　　碧波荡漾出芙蓉。

（四）

庭院精美斜晖中，　　秋色绚丽秋韵浓。
淡泊明志歌一曲，　　宁静致远乐融融。

颐和园谐趣园四季之歌

（一）

轻雪初霁雀声喧，　　亭台错落依宫垣。
隆冬松竹绿依旧，　　歌声萦绕园中园。

（二）

新绿如烟风送暖，　　游廊曲折多景观。
春光旖旎最宜人，　　歌声迥荡园中园。

（三）

浓荫重重可引鸾，　　江南名胜北国现。
生机勃勃一片绿，　　歌声四起园中园。

（四）

秋色多彩时变幻，　　美景和谐释幽怨。
西风轻拂添雅趣，　　歌声悠扬园中园。

颐和园西堤四季之歌

（一）

白雪皎洁景空朦，　　古柳老桑临寒风。
银絮轻柔覆草木，　　新苞萌发聆歌声。

（二）

翠柳嫩绿水清澄，　　泱泱大湖长堤横。
正是春光无限美，　　昆明波涛起歌声。

（三）

绿荫浓重苇草盛，　　雷雨初歇湖面升。
浓淡深浅都是绿，　　阵阵蝉鸣伴歌声。

（四）

炫秋爽朗气升腾，　　片片金黄沐西风。
收获季节当礼赞，　　天水空明响歌声。

颐和园万寿山后山四季之歌

（一）

素妆皑皑没枯荄，　　苍松挺立后山坡。
春芽蓄势冰雪下，　　酝酿激情谱新歌。

（二）

淡妆莹莹现本色，　　桃红草绿水清澈。
徐徐煦风添活力，　　朗朗晴日当放歌。

（三）

盛妆浓浓声瑟瑟，　　枝繁叶茂闪光泽。
张张园荷浮清池，　　热浪无痕唱欢歌。

（四）

彩妆灿灿辉难遮，　　四时往复无可掣。
几分醉意品神韵，　　万物齐声讴颂歌。

中山公园水榭之四季之歌

（一）

冰雪封地水止流，　　秃杉枯柳仍抖擞。
好个洁净清幽境，　　寒气难阻画中游。

（二）

鲜花盛开鸟啾啾，　　一泓碧水环彩丘。
好个光艳靓丽处，　　暖风催人画中游。

（三）

枝叶繁茂簇榭楼，　　蛙蝉齐鸣声不休。
好个热情浪漫日，　　暑天偷闲画中游。

（四）

池畔地带绿油油，　　黄叶倒影映清流。
好个晴朗凉爽时，　　西风轻拂画中游。

中山公园红桥四季之歌

（一）

凛凛寒风空寂寥，　　皎皎银辉耀红桥。
但等积雪化春水，　　大地润泽花枝俏。

（二）

习习和风柳袅袅，　　清清湖水映红桥。
树树翠绿春光里，　　喜鹊欢歌海棠笑。

（三）

阵阵热浪暑难消，　　徐徐微风拂红桥。
绿荫浓密送凉爽，　　漫步名圃雅兴高。

（四）

轻轻西风黄叶飘，　　灿灿阳光满红桥。
秋色多彩秋韵浓，　　美景祥和竞妖娆。

北京植物园北湖四季之歌

冬雪皑皑万籁静，　　春光灿灿湖水清。
暑热催得林木茂，　　秋风芦花舞轻盈。
四时更迭景鲜活，　　能不赞颂天健行。

中山公园四季之歌

雪霁园寂静，　　内蓄外清明。
风轻春花绽，　　草木绿莹莹。
暑气扮盛装，　　金水波粼粼。
西风拂叶黄，　　秋韵寄深情。
一曲四季歌，　　礼赞天健行。

满园雪晶莹，　　寒气满榭庭。
一朝东风起，　　新生花卉兴。
暑热草木盛，　　垂柳舞娉婷。
殷实收获季，　　金秋风泠泠。
一曲四季歌，　　齐颂天健行。

紫禁城西南角楼四季之歌

高踞紫禁城墙头，　　庄严精美古城楼。
辉煌色彩巧搭配，　　重叠亭阁奇架构。
冬日踏雪咏长调，　　春晨迎晖谋鸿猷。
盛夏水涨歌激越，　　仲秋风格曲婉柔。
四时往复历经久，　　见证沧桑岁悠悠。

后　　记

　　这本书主要收集了我退休后外出摄影时即兴诌出的一些诗稿（也有少量退休前写的），立意并不高，又未经仔细推敲，文字也很粗糙，仅在亲友圈中进行过交流。一些老同事、老同学和老学生多次建议我出书，但我自知这些东西并无多大价值，一直没有公开发表的打算。这次是老学生周澄培热心向中国铁道出版社推荐，又经中国铁道出版社诸位编辑的辛勤工作，将这些诗稿结集出版了，我想这样可以得到广大社会人士尤其是诗词专家们的批评指正，将使我获得更多更好的学习机会，为此我感到高兴，谨此向他们表示衷心感谢。

　　这些年我之所以能频频出游，应当说与我的子女有着密切关系。我的女儿、女婿、儿子、儿媳为了让我的晚年生活丰富多彩，花费了许多时间、精力和财力，为我东游西逛创造了很好的条件。尤其是出远门旅游，一切均由他们安排妥当，我只要背着相机跟着走就行了，这也让我能在尽情享受出游的快乐时即兴诌出这些诗稿来。由此，我对中华传统的孝文化也有了更多切身感受，子女的孝心确实能让长辈有一个幸福的晚年。由此看来继承和发扬中华民族的孝文化，对构建美好的和谐社会是很有意义的。

刘　硕

2023 年 2 月

于北京常青藤嘉园